U0107984

TIANXIA
FUMU

# 天下父母

石钟山■著

华艺出版社

HUA YI PUBLISHING HOUSE

**图书在版编目(CIP)数据**

天下父母/石钟山著—北京：华艺出版社，2008.6
ISBN 978-7-80252-017-2
I.天…II石…III.长篇小说—中国—当代
IV.I247.5

中国版本图书馆CIP数据核字（2008）第090182号

**天下父母**

作　　者：石钟山
运营统筹：鲍立衔
责任编辑：刘　泰　海　涛　史　宁
特邀编辑：任　斯
出版发行：华艺出版社
社　　址：北京市海淀区北四环中路229号海泰大厦10层
邮　　编：100083
电　　话：010-82885151
印　　刷：北京顺义兴华印刷厂
开　　本：710×1000　1/16
字　　数：170千字
印　　张：13
版　　次：2008年9月第一版
印　　次：2008年9月第一次印刷
书　　号：ISBN 978-7-80252-017-2/Z·518
定　　价：22.00元

# 目 录
## CONTENTS

# 生死相托

县大队和鬼子在刘家坎打了一场遭遇战，县大队就又有三个战士牺牲了。他们死之前没有留下一句话。他们正全神贯注地向鬼子射击，便被一颗流弹击中了，身子一颤，腿一软，就卧在那里，不动了。任凭别人千呼万唤，在另外一个世界里，走向了一条不归路。

排长杨铁汉的这个排，在这次的战斗中牺牲了两个战友，魏大河那个排牺牲了一个。县大队撤出战斗后，跑到了一个山坳里，鬼子最初在后面追了一阵，打了一阵排子枪，也发射了几发炮弹。炮弹在县大队有形有序的队列中炸了，县大队和鬼子交了几次手后，就领教了鬼子迫击炮的规律——炮弹飞来的时候是带着啸音的，这就给县大队留下了躲炮的时间，该跑的跑，该卧的卧。总之，鬼子慌慌张张丢下的炮弹，没能给县大队带来什么损失，倒似乎像是鬼子和县大队开了一个玩笑。

那三个牺牲的战士的遗体被埋在了山坳里。三簇很新的坟，惊心动魄地矗立在那里。肖大队长和刘政委组织全大队的士兵，在三个战友的坟前立住了。

肖大队长哽着声音说：让我们向战友告别吧。

说完，率先举起了手，向三簇新坟敬礼。所有的人也都举起了手，几十只扬起的手臂，像一只只飞起来的鸟。

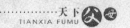
向牺牲的战友告别，按惯例是应该弄出些声势的，比如冲天空鸣枪，用雷鸣般的枪声送战友走上一程，以示活着的人会永远缅怀死去的英灵。而此时，县大队弹药奇缺，弹药大多是从鬼子和伪军那里缴来的，向战友告别、鸣枪的规矩也就取消了，只剩下行军礼，寥落却悲壮，但也算是个仪式。和鬼子三天两头地短兵相接，难免会有牺牲，今天向这个战友告别，明天又向那个战友告别，一战下来，谁也说不准会囫囵个儿地回来。

最后，刘政委就握着拳头，冲三座坟头说：王小二、张远志、赵长林同志，你们安息吧。等把小日本赶走了，我们再给你们立碑。

刘政委是含着眼泪说完这一番话的，政委是从延安派来的，觉悟高，人也有文化。脸上戴着的眼镜几天前就被鬼子的炮弹给震裂了，镜片上纷乱地延伸着纵横交错的裂纹，刘政委看人时的目光就有些四分五裂。

县大队所有的人都沉默着，听了刘政委的话，心里一阵发空，无着无落的样子。战士们三天两头地向牺牲的战友告别，今天向别人告别，说不定哪天就是向自己告别了。心里有些麻木，但抗日的烈火仍在心头烧着。

后来，队伍就散了。县大队的状态就是打游击，到处都是家，却又都不是家。那天晚上，县大队就在那个立有三座坟头的山坳里歇了。

王小二和张远志都是杨铁汉这个排的战士，赵长林是魏大河那个排的。杨铁汉清晰地记得，王小二是三个月前刚入伍的新战士，才满十七岁，很腼腆的一个孩子，说话还会脸红。张远志也很年轻，二十出头的样子，十天前刚刚当上班长。平时很少说话，没事就自己卷烟吸，深一口、浅一口的。身为一名老兵，作战经验也算丰富了，但他仍没有躲开鬼子的流弹。张远志中弹的时候，就在杨铁汉的身边，张张嘴想说什么，却说不出来，眼睛大大地盯着杨铁汉。杨铁汉就大叫了起来：张班长，张班长，有啥话你就说吧。

张远志仍没能把最后想说的话说出来，胸前被子弹射穿的洞，正汩汩地涌着血水，人像泄了气的皮球，软塌塌地倒在了杨铁汉的身边，一双眼睛仍不甘心地望向杨铁汉。杨铁汉伸出手，在张远志的脸上抹了好几把，都没有使他的眼睛闭上。张远志是睁着眼睛走的。

此时，杨铁汉坐在张远志的坟前，仿佛张远志仍大睁着眼睛望向他，他的脊背就一阵冰凉。

杨铁汉卷了支烟，卷好，递一支给身旁的魏大河，又给自己也卷了一支，两支烟头就在暗夜里一明一灭的。

杨铁汉发冷似的说：张班长走的时候是有话要说的，可他没有说出来。

魏大河干咳了一声，就想到了自己的战士赵长林。赵长林就牺牲在他的怀里，赵长林被子弹击中了肚子。赵长林断断续续地说：排长啊，我一点劲儿也没有了。他还说：排长，我家里有爹，还有娘哩。

魏大河当时就带着哭腔说：长林，相信政府，政府会照顾他们的。等把小鬼子打跑了，他们会过上好日子的。

赵长林听了，冲魏大河挤出一丝笑，头一歪，就再也不能动弹了。

魏大河听了杨铁汉的话，闷着声音说：人离开这个世界时，最放心不下的就是自己的亲人。

魏大河说到这儿，就想到了县城里的亲人，老婆李彩凤刚给他生了个儿子，日本人就占领了县城。为了儿子能过上好日子，他义无反顾地参加了县大队。一想起老婆和孩子，他的心里就有些发紧。

天这时已经暗了，县大队开始了埋锅造饭，一簇簇火星星点点地亮了起来。每一次战斗后，都会有战友牺牲或受伤，县大队的情绪就很是压抑。肖大队长和刘政委就一趟趟地跑到中队或排里，做战士们的工作。工作的重点无非就是给战士们加油、鼓劲。肖大队长和刘政委豪迈地讲着，战士们听着，却仍掩饰不住悲凉的情绪。他们一遍遍地抬起头，望向坡上那三座新立起的坟头。

此时，杨铁汉和魏大河仍在坟前坐着。他们不停地吸烟，烟头在黑暗中不停地明明灭灭着。杨铁汉和魏大河是一起参加县大队的，在参加县大队之前，两人并不认识。魏大河住在城里，开了间杂货铺，卖一些针头线脑和烟酒糖茶，后来就娶了老婆李彩凤。李彩凤是九一八事变之后，从东北逃荒过来的。逃过山海关时还是爹娘和哥一大家子，到了天津后，一家人就走散了，李彩凤一路找着爹娘就流落到了魏大河所在的县城。李彩凤那年刚满十八岁，一路上的饥寒交迫，再加上连惊带吓，当她走到魏大河家的杂货铺前，人就晕倒了。魏大河救了李彩凤，并收留了她。当时从东北逃荒出来的孤儿寡母不计其数，散落在冀中、冀北的城市和乡村，有的被好心人收留，有的另起炉灶过起了生活。

魏大河娶了李彩凤后，很快就有了儿子抗生。当时全国上下掀起了一浪高过一浪的抗日高潮，魏大河便给刚出生的儿子，起了抗生这个名字。

可惜好景不长，日本人从关外长驱直入，侵占了华北，这座县城里便来了日本人。县大队一成立，魏大河就报名参加了。

杨铁汉一直生活在乡下，父母就他这么一个儿子。日本人没来前，杨铁汉和父母种着几亩地，日子虽不富裕，倒也能过得下去。日本人来了不久，就来了一次秋季大扫荡，眼见着成熟的庄稼就被日本人给扫荡走了。剩下带不走的粮食，也让日本人放火烧了，日本人的策略是，即便是自己拿不走，也决不留给城外的八路军。一家人眼睁睁地看着日本人抢走了自己的命根子。

这时候的中国人开始觉醒了，他们明白要想过上好日子，就得把小日本给赶出去。而想赶走日本人，就得参加县大队，他们都知道，县大队是真心打鬼子的一群人，他们的大号就叫做八路军，是从延安来的队伍。当时，全中国的老百姓，都知道有一伙革命的队伍扎在延安，那是一伙穷人的队伍。

这伙穷人的队伍最后就变成了八路军，和国民党合作，一起抗日。

抗来抗去的，人们发现只有八路军县大队才是一支真正抗日的队伍。百姓们要过上国泰民安的日子，就得起来抗日，把鬼子们从中国赶出去。

杨铁汉参加县大队，一晃就是三年多。他和魏大河一起经历了日本人的春季、秋季大扫荡，打过阻击战，也袭击过鬼子的炮楼，大小仗也打了无数次。他们已经被历练成了真正的战士，后来又先后当上了排长。

两个人在战斗中也结下了生死情谊。在一次执行端掉鬼子炮楼的任务时，杨铁汉和魏大河被分在了一个小队里。任务的分工是杨铁汉去炸炮楼，魏大河负责掩护。魏大河当时用的是一挺轻机枪，是不久前从鬼子手里缴获来的，也算是县大队唯一的重武器了，只有在执行重大任务时，肖大队长才将这挺轻机枪派上用场。端鬼子的炮楼自然是重大任务，正是这座炮楼切断了八路军的联络通道，交通员几次通过时都被鬼子发现后乱枪射死，给八路军的工作带来了很大麻烦。

上级终于决定，命令县大队要不惜一切代价，端掉鬼子的炮楼。最初的几次行动都没有成功，鬼子似乎也意识到了这座炮楼的重要性，派了一个小队的鬼子兵加强了驻守。为了攻打这座炮楼，县大队的好几个战士都牺牲了。肖大队长也急红了眼，他带着县大队的人员绕着炮楼转了好几圈，也没有找到下手的好办法。

炮楼的眼前就是一片开阔地，白天想接近炮楼几乎是不可能的，就连兔子在炮楼下蹿过，上面的鬼子也能看得清清楚楚。白天是这样，晚上也不例外，鬼子在炮楼上架了两只探照灯，交替地在地面上扫来扫去。

县大队没有大炮，就只能够智取了。那一天，鬼子和几个伪军的嘴巴有些忍不住，想打秋风了，就找来了伪保长，让他在两天之内送三只羊过去。龟缩在炮楼里的鬼子，三天两头地就从炮楼里溜出来，跟各村的伪保长要这要那。鬼子说一不二，村里的伪保长也不敢不给，若不及时送去，鬼子就会出来杀人放火，弄得一村子的人不得安宁。

这件事就让县大队给知道了，端掉鬼子炮楼的点子也就有了。

那一次，肖大队长就把这个艰巨的任务交给了杨铁汉和魏大河。两个人都是老兵了，可以说是身经百战，任务就责无旁贷地落到了他们的头上。

杨铁汉扮成村里的百姓，负责给炮楼里的鬼子送羊。炸药就背在他的身上，那是初冬季节，他在背着炸药的身上又穿了件老羊皮袄。羊他只赶了两只，另外一只村子里实在凑不齐了。魏大河则负责掩护和接应杨铁汉。

肖大队长对这次的任务很重视，特地把县大队唯一的轻机枪让魏大河带上了。肖大队长把枪交给魏大河时，沉着脸说：大河，就是把命搭上，也不能扔下这挺枪啊！

魏大河知道，这挺机枪就是县大队的命根子。他接过机枪的一瞬，顿感心里和肩上都沉甸甸的。他清清嗓子，冲肖大队长说：大队长，放心吧，人在枪在。

结果，在那一次掩护杨铁汉的战斗中，魏大河还是把那挺轻机枪弄丢了。

为了缩小目标，县大队只派出了魏大河单枪匹马地掩护杨铁汉。

杨铁汉很顺利地走近了鬼子的炮楼。

炮楼上的伪军走下来，拖拽着把两只羊往炮楼里赶，炮楼里的鬼子也伸出脑袋，一脸兴奋地"哟西""哟西"地喊着。

杨铁汉见机会来了，甩手就扯开了身上的羊皮袄，用羊皮袄裹着炸药包，点燃了引线，奋力扔进了炮楼。

鬼子和伪军还没有反应过来，裹着炸药的羊皮袄就飞进了炮楼里。等他们明白过来，大叫一声，冲着杨铁汉跑开的身影，连连射击。

魏大河应战的枪声也响了起来，子弹有声有色地射向了炮楼。鬼子还是有些忌惮的，

眼瞅着炮楼里的炸药还咝咝地冒着烟，心慌意乱的鬼子最终只射中

了杨铁汉的腿。

杨铁汉"哎哟"一声，就扑倒了。身后的炮楼也轰然一声，炸响了。

鬼子的炮楼比想象的要坚固许多，炮楼在爆炸声中，摇了摇，却并没有倒下。

清醒过来的杨铁汉回望了一眼，就在心里骂道：日他娘。杨铁汉向前拼命爬去，他知道炮楼没倒，鬼子和伪军就会反扑过来。出于本能，他拼命地向前爬去，离炮楼远上一米，他就会安全一分。

果然，片刻过后，鬼子和伪军一边叫着，一边放着枪，从炮楼里冲了出来。

魏大河看到杨铁汉受伤，就一边向鬼子射击，一边冲他大喊：铁汉，快爬过来，快点呀！

如果魏大河机枪里的子弹充足，杨铁汉肯定能爬到安全地带，恰恰这时，魏大河射光了机枪里的子弹，机枪哑火了。趴在地上的鬼子和伪军"嗷嗷"叫着，站起身，追了上来。

魏大河扔下机枪向杨铁汉奔去。杨铁汉回头看一眼蜂拥而至的鬼子和伪军，冲奔过来的魏大河喊：大河，别管我，快抱着机枪撤。

魏大河没有听杨铁汉的喊叫，还是直奔过来，背起杨铁汉，没命地向前跑。子弹在他们身前身后飞跳着，发出扑扑噜噜的声音。

他们终于冲出了危险地带。鬼子并没有放心大胆地追过去，在炮楼里待惯了，一旦离开了炮楼，鬼子便感到不踏实。他们追了一气，胡乱地放了一阵枪，就回到了风雨飘摇的炮楼里。

魏大河把杨铁汉放到了地上，自己瘫坐在一边，张大嘴巴粗重地喘息着。直到这时，杨铁汉才想起那挺机枪，他挣扎着坐起来，喊了声：枪，枪呢？

魏大河伸手去摸，却并没有摸到枪，他"哎呀"一声大叫道：坏菜了，枪没带出来。

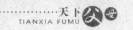

两个人你看看我，我看看你，都傻了似的坐在那里。

枪是不可能再回去找了，也许早就让鬼子收到了炮楼里。两个人张大嘴巴，面面相觑。最后，还是魏大河先反应过来，他背起杨铁汉，摇晃着向前走去。他们都知道，那挺机枪对县大队意味着什么，为缴获鬼子的这挺机枪，县大队有两个战士牺牲在那一次的战斗中。

后来，他们就遇到了接应他们的县大队。

这一次的任务完成得很失败，炮楼不但没有被炸掉，杨铁汉还负了伤，最重要的是，县大队的命根子还被弄丢了。

肖大队长红着眼睛，背着手，绕着魏大河转了好几圈。他忽然用拳头一下下地擂着自己的大腿，竟一句完整的话也说不出来。在缺枪少弹的县大队，一挺机枪意味着什么，所有的人都是清楚的。

肖大队长蹲在地上，眼里含着泪，拍着自己的腿说：魏大河呀魏大河，为了这挺机枪，王小胖和夏天来都牺牲了，那是多么好的战友啊！难道你都忘了吗？

魏大河当然没有忘记，王小胖还是他们排的战士哩。执行任务的那天早晨，王小胖还反复跟他讲头天夜里自己做的一个梦，他梦见他娘给他烙糖饼吃了，王小胖说起这个梦的时候，还不停地吸溜着口水。王小胖才十七岁，当兵还不到半年，为了掩护部队后撤，和夏天来一起牺牲了。

想起王小胖，魏大河就哭了，他低着头，哽咽着说：大队长，我错了。当时只顾着救铁汉，就把枪给忘了。大队长，你处分我吧。

魏大河的处分结果是，他不再是排长了，而成了一名普通的战士。

当杨铁汉得知这一处分决定时，他拐着腿，一把抓住了魏大河的手：大河，你这都是为了我，是我对不住你啊。

魏大河冲杨铁汉笑笑：枪咱们还会有的，可你杨铁汉的命只有一条。

两个人用力地抓着手，泪眼蒙眬地望着，瞬间，两个战友的心一下子贴得更近了。从那以后，两个人在县大队就成了无话不谈的朋友。

不久，在一次执行任务时，魏大河单枪匹马深入到鬼子的驻地，奇迹般地夺回了一挺机枪。为此，魏大河立了功，将功折罪，他又当上了排长。

县大队的抗日斗争，让每一个人的人生都变得传奇、生动了起来。

最初，人们参加县大队凭的就是一腔热血，想着把鬼子赶出去，就可以过上太平的日子。有了太平日子，他们的生活也就有了奔头。可当他们参加了县大队后，才真切地意识到，抗日是一件持久的事。鬼子想长久地在中国驻扎下去，而抗日的力量则要彻底地把鬼子赶出中国，这就形成了不可调和的矛盾。有了这种势不两立的矛盾，便有了生生死死的战斗。

杨铁汉和魏大河在县大队算得上是老兵了，无数次地出生入死，让他们对死有了新的认识——世上最莫测的生死莫过于战争了。一秒钟前，人还欢蹦乱跳的，转眼间，一个生命就烟消云散了。人的生命其实很轻，轻得能被一粒子弹瞬间击倒，就再也起不来了。

杨铁汉和魏大河也算得上是血性汉子，他们不是贪生怕死之人，如果怕死，当初也就不会参加县大队了。可每一次战斗结束，当危险又一次远离身边的时候，他们都感到了一阵阵的后怕，此时，他们无一例外地想到了自己的亲人。

每一次战斗下来，魏大河就会想起彩凤和儿子抗生。他入伍时，抗生才半岁，半岁的抗生已经会笑了，嘴里咿呀地吐出一些含混不清的声音。魏大河以前从没有如此近距离地看过这么小的生命，看着鲜活的儿子，就有一种潮乎乎的东西在心底里慢慢地弥漫开，堂堂的汉子就开始变得多愁善感起来。战斗一停下来，魏大河就不可遏止地想起自己的儿子抗生和老婆彩凤，心里就飘飘忽忽，无着无落起来。他使劲地去摸自己的头，然后是将身子摸了个遍，才能感受到自己还真实地活着，心里就涌起了一缕希望。这份希望让他的心又一点点地变得坚强起来。

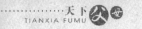

　　杨铁汉又何尝不是这样。他的老家在山东，父亲闯关东时把一家人带了出来。全家人从山东出发，刚走到河北，哥哥就染上了痢疾了，上吐下泻，躺倒后就再也没有起来。后来，姐姐也不行了，她拉着母亲的手，气喘着冲全家人说：爹、娘，还有小弟，俺不想死，俺要活呀！想活的姐姐终于没有活下去，她又软又瘦的身子就硬在了母亲的怀里。饥荒让人们的心肠硬了起来，父亲抹一把泪，母亲也用衣角擦了擦哭红的双眼后，草草地把姐姐埋了，就又去赶路了。那年的杨铁汉三岁，三岁的他坐在父亲的挑子上，冲着哥姐的坟头不停地哭喊着：俺要俺哥和俺姐——哥哥和姐姐却永远地躺在了逃荒的路上，他们再也不能追随爹娘了。

　　后来，一家人实在走不动了，就在冀中的一个庄子里停下脚，在山坡上开了几亩薄地，算是落户了。

　　杨铁汉参军时，父母的年纪一年大似一年，他们明显地老了，老得地都种不动了，在地里干上一阵，就会无端地喘上半晌。二老有气无力地望着侍弄了大半辈子的土地，心有余却力不足，好在杨铁汉已经长成了大小伙子，成了父母唯一的帮手。父母立在田头，看着生龙活虎的杨铁汉，心里就生出了希望。父亲杨大山当初给儿子起"铁汉"这个名字时，就是希望他能像个男人似的在这个世界上生活，顶天立地。

　　在杨铁汉没有参加县大队前，父母为杨铁汉下聘礼定了一门亲。是山前面一个庄子的姑娘，叫小菊，小菊比杨铁汉小一岁，是个孤儿，长得说不上漂亮，但能吃苦受罪，穷人的孩子早当家，炕上地下早就是一把好手了。小菊姑娘的父母也是从山东闯关东出来的，走到冀中时遇到了杨铁汉一家，就停了下来。都是从山东出来的，人不亲土还亲呢！这些年，杨铁汉的父母和小菊一家密切地来往着，两家人在艰难的日子里，多少也算有些照应。

　　天有不测风云，先是小菊的父亲得了一场说不清的急病，死了，剩下了孤儿寡母。小菊父亲临死前，拉着杨大山把一对孤儿寡母托给了杨家。从那以后，杨家就承担起了照顾小菊母女的重任。两家人相依为命苦挨着岁月，如果不发生什么变故，日子也会顺风顺水地过下去。可谁也不曾想到，小菊的母亲竟吃野菜中了毒，在炕上昏睡了几天之后，也撒手离开了。杨家责无旁贷地收养了小菊，但这种收养却显得名不正、言不顺，在小菊父母还活着时，两家老人也曾在私下里商量过孩子的前程，那就是两家人要结成亲家，亲上加亲。也只有这样，两家人的情意才能绵延下去。那一年小菊十七，杨铁汉十八岁，按理说，这个年纪的孩子早该是谈婚论嫁了，可就在这节骨眼上，小菊的母亲也去了，剩下孤女小菊一人，杨家理所当然地就把小菊接进了杨家。杨大山一家为不亏待小菊，还是比较正式地下了聘礼，算是定亲了。然后，小菊就进了杨家大门。那是一个夏天。

按照杨大山的计划，等秋天一过，收了地里的庄稼，年根儿前就把两个孩子的事给办了。没想到的是鬼子来了，杨大山的一切计划都被打乱了。

后来，就来了县大队，杨大山没有多么高的觉悟，他只知道，不把日本人从这个地面上赶出去，老百姓就休想过上好日子。他举双手赞成让杨铁汉参加了县大队。杨大山年青的时候，也算是个有血性的汉子，曾赤手空拳地打死过野猪。

如果杨铁汉不是参加县大队，他早就和小菊圆房了，说不定孩子都会满地跑了。也正是因为鬼子的到来，一切都变了模样。

离开家的杨铁汉最记挂的还是自己的父母，当然，他也会想起小菊。想到父母有着小菊的照料，他不安心的心就稍安了一些。

那天晚上，杨铁汉和魏大河坐在战友的坟前，就想到了许多和生死有关的问题。

魏大河哑着嗓子说：铁汉，死俺不怕，就怕俺死了，那娘俩就没人照顾了。

杨铁汉也说：那是，死有啥怕的。人早晚得有一死，俺也不放心俺

爹娘。

魏大河在黑暗中就伸过手，捉住了杨铁汉的手。杨铁汉发现魏大河的手湿乎乎的，还有些热，他的手就抖了一下。

铁汉，咱们是生死兄弟，要是俺也牺牲了，你就帮俺照顾他们娘儿俩，行不？

杨铁汉的手不抖了，他用力地回握住魏大河的手：大河，你救过我，这命是你给的，说那些客气话干啥？以后要是你不在了，你的亲人就是我的亲人。

两个人的手就紧紧地握住了。魏大河在黑暗中已经潮湿了双眼，他也真心实意地说：铁汉，万一你牺牲了，你的爹娘也就是我的爹娘。

两人说到动情处，双双跪了下来，把自己的后事郑重地托付给了对方。

回到营地后，两个人又找来纸条，分别写下了亲人的姓名和地址。就在交换纸条的瞬间，他们才意识到手里的纸条变得很重，重得似乎没有力气把它托住。然后，他们又寻到空的子弹壳，将纸条小心地塞进去，放在贴身的衣服里。做完这一切时，两个人才感到一身轻松。

他们就紧紧地抱在了一起。魏大河拍打着杨铁汉的后背，亮着嗓门说：铁汉，好兄弟，这回我就放心了。

杨铁汉拥抱魏大河时就用了些力气，他猛力地点点头，忽然就哽了声音：大河，俺爹娘以后也算有依靠了。

两个人再抬起头时，一轮硕大的圆月正明晃晃地挂在天上，像在倾听着他们的对话。

杨铁汉慢慢收回目光，表情凝重地盯视着魏大河说：大河兄弟，天上的月亮可以为咱俩作证。

魏大河又一次仰起了头，冲着那轮明月道：月亮作证，男人的话，就是铁板钉钉的事。

说完，两个人都流下了泪水。

# 诺言

自从两个人有了这样的约定后，杨铁汉和魏大河似乎一下子挪走了心里的一座大山，浑身上下顿时轻松起来。

一次，县大队在转移时路过小南庄，小南庄正是杨铁汉的家。县大队在庄外休整了两个小时，杨铁汉就带着魏大河回了一趟家。

杨铁汉的家还是那个家，两间小草房寂寞地立在村旁。

杨铁汉越走近这个家，心里就越发不是个滋味。以前，这个家充满了生机，房前屋后晾晒着各种粮食，门梁上挂着一串串红艳艳的辣椒，可自从来了日本人，老百姓的生活如同惊弓之鸟，人也三天两头地躲到山里。日子从此开始变得乱七八糟，人心惶惶。

县大队的行动也随着鬼子神出鬼没的，队伍经常会路过小南庄，每次经过时，只要时间允许，杨铁汉就会回去看一看，陪父母说句话，看一眼小菊。即便没时间在家里吃顿饭，哪怕喝上一口水，他的心里也是幸福和踏实的。

这一次，当魏大河知道杨铁汉要回去看望父母时，也不由分说地跟上了。在这之前，杨铁汉无数次地向他提过自己的父母和小菊，在魏大河的心里，杨铁汉的父母他已经很熟悉了，如同自己的家人。和杨铁汉聊天的时候，他也张口闭口地跟着铁汉咱爹咱娘地喊，就是说起小菊时，他也会用咱妹来称呼。当然，在杨铁汉的心里，也早已把李彩凤和抗生当成了自己的亲人。两个人再说起双方家人时，在情感上仿佛就又近了一层，无形中，他们都把对方的亲人悄悄地揣在了自己的心里。

杨铁汉走在前面，魏大河跟在后面，很快就望见了庄口那两间小草房。魏大河问道：这就是咱爹咱娘的家呀？

杨铁汉的鼻子就有些发酸。当年，就在要娶小菊进门时，爹娘就计划要把两间草房翻盖一下，变成三间。可惜的是，爹娘的愿望还没等实

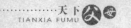

现，鬼子就来了。一切就全被打乱了。

当杨铁汉和魏大河出现在家门口时，杨铁汉一连喊了几声，门才被打开。开门的是小菊，她打量着杨铁汉和魏大河，好一会儿才惊喜地喊出来：哥，是你？

这么多年了，小菊一直这么喊着杨铁汉，就是进了杨家的门，她也没有改口。

这时候，母亲慢慢从屋里走了出来，见到杨铁汉她就哭了。她拉着杨铁汉的手呜咽着说：铁汉，你可回来了，你爹病了。

杨铁汉走进里屋，才看见炕上躺着的父亲。父亲显得很苍老，他一生的精力都花在了一家人的身上，现在老了，终于没有了气力，身体有个风吹草动，就再也坚持不住了。他躺在炕上不停地喘着。

杨铁汉的回来，还是给一家人带来了生机。母亲和小菊忙着做饭，杨铁汉和魏大河陪着躺在炕上的父亲说话。父亲看到儿子和他的战友时，似乎病就轻松了许多，他撑着身体从炕上慢慢坐了起来，打听着县大队的事。一提起鬼子，父亲杨大山就恨得牙根痒痒，他气喘着说：铁汉啊，小鬼子太不是东西了，他们又抢又杀的。你是个男人，就要扛枪打鬼子。家里不用惦记着，只有把小鬼子赶走了，咱的日子才能过下去。

杨大山说到这里，已经上气不接下气了。魏大河忙安慰着杨大山：大叔，你别动气，别伤了身子。你放心，有我们县大队在一天，就不让鬼子安生一天，我们迟早要把鬼子从中国赶出去。

杨大山听了，慢慢地向魏大河伸出了手，冰冰凉凉地握着。从魏大河走进屋里，杨大山就喜欢上了魏大河，他从魏大河的身上看到了一股男人的豪气。他抓住魏大河的手，停顿了一会儿，才说：大河呀，叔老了，身体不行了，要是时光倒退个十年八载的，叔就跟你们一起去扛枪杀鬼子。

魏大河听了，用力地握了握杨大山的手，掷地有声地说：放心吧，叔，把日本鬼子赶走那是迟早的事。

母亲和小菊很快就把饭做好了。青黄不接的季节，又有鬼子一次次的扫荡，每个庄户人家差不多都是家徒四壁，没有什么好嚼咕了，端上桌的也只有一锅稀薄的粥了。杨铁汉和魏大河蹲在地上就吸吸溜溜地喝起了粥。

两个人放下碗，小菊就又要给他们盛粥，魏大河就说：不用了，吃好了。说完，他抬起头，认真地看了一眼小菊。小菊正是唇红齿白的年龄，怎么看都很受用，魏大河看了眼小菊，又看了一眼，不知怎么的，他发现眼前的小菊和李彩凤竟然有几分相像，但究竟像在哪里，他又说不出来。总之，一看见小菊，他就想到了彩凤，心里暖暖的，平添了几分亲近感。

告别的时候，杨铁汉从怀里掏出钱递给了母亲，他拉着母亲的手说：娘，让小菊给爹抓点药吧。

这是杨铁汉这几个月的津贴费，在县大队里钱没有更多的用场，他每次都攒起来，带给家里。

魏大河也从怀里拿出钱，趁没人注意，塞到了杨大山的枕头下，但还是被杨大山发现了，他努力地欠起身子，不住地说：孩子，这可不成，你也有家人，这钱还是捎给家里吧。

魏大河赶忙解释说：大叔，我家在城里，回不去。这钱放在我身上也没啥用，您就留下吧。

杨铁汉也想冲魏大河说两句什么，张张嘴，看到魏大河投过来的目光，把到了嘴边的话又咽了回去。杨铁汉知道魏大河的目光意味着什么，他们已经把对方的后事都作了交代，两个人已是不分彼此了，但这话又不能当着家人的面说出来。

杨铁汉终于冲父亲挥挥手说：爹，大河给您老的钱跟我给您的一样，您就拿着吧。

他又回过头，冲母亲和小菊叮嘱道：记住了，大河是我在县大队最

好的兄弟，以后这个家也就是大河的家。

一家人并没有理解杨铁汉这句话真正的含义，但还是很受感动，他们都是老实巴交的庄户人，只知道用自己的真诚和实在去表达情感。当下，杨铁汉的母亲就红了眼睛：孩子，那你可记下了，这儿不光是铁汉的家，也是你的家，有啥难处就回家来。

魏大河从小就是孤儿，爹娘的温情只停留在遥远的记忆深处。到了杨铁汉家，虽然停留的时间很短，但仍让他感受到了家的温暖。他心里一热，双膝就跪倒在两位老人的面前，热热地叫了一声：叔，婶儿，你们以后就是我的亲爹娘。

杨铁汉的母亲赶紧把魏大河扶了起来，泪眼蒙眬地望着他，一迭声地唤着"孩子"。

一旁的杨铁汉和小菊也是两眼潮湿，那一刻，杨铁汉便在心里暗暗发誓，魏大河的亲人也就是自己的亲人。尽管李彩凤和抗生他至今还没有见上一面。

杨大山缓缓地从炕上爬起来，坚持着要把两个孩子送到门口。

两位老人倚在门前，一直冲杨铁汉和魏大河挥着手。直到两个人离开家门有一段距离了，才发现小菊仍然跟着他们。

魏大河回头冲小菊笑一笑，对杨铁汉说：铁汉，我在前面等你。

说着，魏大河拔腿快步向前走去。

杨铁汉立住脚，望着身后的小菊，忽然竟觉得眼前的小菊既熟悉又陌生，现在的小菊已经不是几年前的黄毛丫头了，她现在正娉婷地站在那里，让杨铁汉的心一阵"别别"地跳个不停。面对小菊，他竟有些口干舌燥，在狠狠地咽了口唾沫后，终于说：家里的事情就交给你，让你受累了。

小菊早已红了脸，低垂着头，不敢再去看他。

杨铁汉盯着小菊的脑瓜儿顶又说：我有空还会回来看你们，等把小鬼子打跑就好了。到那时，我就回来和你们一起过日子。

小菊听了这话，红着脸飞快地抬了一下头，她的目光只和杨铁汉对视了一下，就慌慌地移开了。她的目光很快就落在杨铁汉的肩上，那里正好破了个洞，她伸出手一边去摸那个洞，一边喃喃着：等下次你回来，我把这个洞给你补上。

两个人很近地站在那里，杨铁汉似乎嗅到了小菊头发上的气息，他就多了分冲动，伸出胳膊，结结实实地把小菊揽在怀里，用力地抱了一下。他听到怀里的小菊轻叹了一声，就很快地松开了她。两个人又一次紧紧地凝视着对方。

小菊终于垂下了头，低声地说：铁汉哥，俺想你，天天盼你回来。

杨铁汉喘着粗气道：我会回来的。小菊，这个家就交给你了。

说完，杨铁汉一转身就腾腾地走了。走了一程，他回了一次头，见小菊仍立在黄昏里，他似乎看到了小菊满脸的泪痕。他冲她招了招手后，就硬下心肠，再也没有回过头去。

那天，走在路上的杨铁汉和魏大河就有了如下的对话——

魏大河说：铁汉，你有一对好爹娘啊。

杨铁汉看了眼走在身边的魏大河道：他们是我的爹娘，也是你的爹娘。

魏大河还说：小菊人不错，等赶走了鬼子，你一定要娶她。

杨铁汉点点头道：别忘了，她也是你妹子。

魏大河又说：这话你不用说，在我心里，你们一家人都是我的亲人。

杨铁汉抬起头，扭脸冲向魏大河，声音很大地说：李彩凤和抗生也是我的亲人。

两个人几乎同时立住脚，伸出了手。两个男人此时被一种特别的情绪包围着，动了感情。魏大河用拳头捣了一下杨铁汉：铁汉，有你这个兄弟，以后我就放心了。

杨铁汉也回捣了魏大河一拳，呵呵地笑了起来。

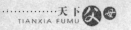

鬼子又一次扫荡时，县大队打了一场阻击战。杨铁汉和魏大河谁也没有料到，这场战斗竟成了他们的永别。

鬼子开始扫荡的时候，县大队的野战医院正在转移。野战医院不像部队，说走就走，有伤员不说，还有一些医疗用品，行动起来就麻烦了许多。野战医院设在一个山坳里，平时没有要紧的事医院也不会轻易搬家。以前鬼子扫荡都是在平原，说是扫荡，其实就是出来抢东西。县城里的鬼子和伪军每天要吃要喝的，日本人的供给也很有限，他们便隔三差五走下炮楼，走出城门，去抢些东西回来。每到这个时候，也正是县大队出击打鬼子的时机，平时鬼子都龟缩在城里的炮楼里，县大队这些鸟枪火炮无论如何也难以对鬼子构成威胁，只能是做一些小小的骚扰，用这样的形式，向日本人证明抗日力量的存在。而鬼子一旦走出炮楼，走出城门，县大队便有机可乘，他们利用熟悉的地形，声东击西，每一次的游击战都会有所斩获——缴获几支枪是肯定的，有时甚至还能捞上一门小炮什么的。县大队的弹药大部分都是通过这样的战斗获取的。

县大队的存在，的确令城里的鬼子感到头痛，鬼子在筹划扫荡时是下了决心的，他们不仅出来搞掠夺，还要给县大队一些颜色看看。按照鬼子的计划，是想一举消灭县大队，以除后患。

鬼子先是扫荡了村庄，接着又对山里进行了清剿。

鬼子出现在山坳里是在一天的中午。

鬼子来的很突然。昨天，县大队刚打了一场伏击战，战斗中又有两个战士挂了彩，伤员正在医院里养伤时，鬼子就出来了。

野战医院目标大，想藏是藏不住的，没有别的办法，只能搬家。为了给野战医院留出足够的时间撤退，杨铁汉和魏大河的两个排接受了阻击敌人的任务。

两个人各自带着战士，匆匆地进入了阵地。他们还没来得及喘口气，鬼子和伪军便呈扇面状向他们包围过来。魏大河看了眼杨铁汉，两人对望一眼，杨铁汉就说了：兄弟，没有退路了，打吧。

两个人手里的枪就响了，紧接着，战士们手里的枪也爆竹似的响了起来。

伪军和鬼子在最初一瞬受了惊吓，他们没想到在这里会和县大队正面交手。以前的县大队可不是这样的打法，他们声东击西，能打就打，不能打就跑。现在，县大队摆开了阵势，在正面和鬼子打了起来，这还是第一次。很快，稳住阵脚的鬼子和伪军，便认为可以抓到一条大鱼了。他们整理好队形，兴奋地向县大队的阵地扑了过来。

鬼子历来的战术是先打炮，后冲锋，这次也不例外。县大队的战士可以说是身经百战，对鬼子的炮一点也不感到害怕。听着鬼子炮弹的啸叫，该躲就躲，该卧倒就卧倒。鬼子的炮弹零零碎碎地在阵地上爆炸了，这样的轰炸，并没有给杨铁汉和魏大河造成什么样的伤害。

鬼子终于开始了冲锋，枪声顿时响成了一团，猛烈得像刮过一阵狂风暴雨。

县大队两个排的兵力加在一起也不过三四十人，面对上百名的伪军和上百名的鬼子，战斗的惨烈便可想而知了。

敌人一度冲上了县大队的阵地，杨铁汉和魏大河带领战士们端着刺刀冲上去，和鬼子展开了一场白刃战，终于把鬼子的又一轮冲锋压制了下去。身后的医院已经用最快的速度转移了出去，但他们还要牵制敌人一段时间，以确保伤员的安全。

又一轮冲锋到来的时候，魏大河已经杀红了眼，他抱起一挺机枪，骂着鬼子，挺身站了起来。鬼子和伪军在一阵猛烈的扫射下，倒下了几个。也就是这个时候，魏大河的身体中弹了，像被人当场打了两拳似的动了两下，就一屁股跌在了地上。此时，他怀里仍然抱着那挺机枪，胸前殷红一片。

杨铁汉眼见着魏大河倒下了，他扔出一颗手榴弹后，奔了过来。他把魏大河抱在怀里，摇晃着喊：兄弟，兄弟——

魏大河此时的样子很平静，他从喉咙里往外挤着说：真是应……应

了那句老话了，好汉难免……阵前亡。

说完，他抖着手从怀里摸出了子弹壳，脸上勉强地挤出一丝笑。他张张嘴想说，却被一阵巨大的疼痛遏住了，接连喘出几口气后，才气弱游丝地说下去：兄弟，我的诺言是完不成了，就看你了——

清醒过来的杨铁汉，喊来两个战士，命令他们不惜一切代价，背上魏大河去追赶撤退的医院。

战士背着魏大河撤出阵地时，魏大河伸出了一只手，似乎是想和杨铁汉招招手。手刚伸出来，又无力地垂下了。魏大河眼睁睁地看着杨铁汉抱起那挺自己用过的机枪，冲上了阵地。

杨铁汉带着战士们撤出阵地，与大部队会合的时候，魏大河已经牺牲了。他的伤太重了，两粒子弹洞穿了他的胸膛。魏大河死去的样子并不安详，他的一只手微微向前伸着，眼睛圆睁着，嘴巴也张着，他似乎有话要说，还没有说出来，便咽下了最后一口气。

杨铁汉站在魏大河的面前，绕着遗体走了一圈又一圈，最后就蹲在了那里。许多的干部、战士也都表情凝重地站立在周围，肖大队长很激动也很悲伤的样子，他搓着手，拍着腿，一遍遍地说：大河身经百战哪，咋就在这小河沟里翻了船？我们县大队失去了一员猛将啊！

肖大队长说到这儿，眼圈就红了。

最后，刘政委总结性地说：魏大河同志是我们八路军和县大队优秀的干部，他的牺牲给我们带来了很大的损失。

杨铁汉知道，刘政委的话已经给魏大河作了盖棺定论，接下来就要将魏大河掩埋了。从此，一个土丘就隔开了阴阳两界。

杨铁汉这时抬起头，冲肖大队长和刘政委说：大队长、政委，请你们回避一下，我有几句话要对大河说。你们看见了吧，他的眼睛还没闭上哩。

杨铁汉说这话时，眼泪已经下来了。县大队的人们都知道，平时杨铁汉和魏大河的关系最好。现在，杨铁汉要向他最亲的兄弟做最后的告别，众人回避一下也是应该的。

肖大队长走过来，拍一拍杨铁汉的肩膀，转身走了。接下来，刘政委和众人也都自动离开，只剩下杨铁汉和魏大河了。

杨铁汉"扑通"一声，跪在了魏大河面前，他拉住了魏大河微伸出的那只手。此刻，那只手已经冰凉，一股凉意直抵杨铁汉的心里，他的身子抖了一下：大河，我是铁汉。

说完，他腾出一只手，抹了一把脸上的泪。

他又说：大河兄弟，我们的诺言我不会忘记，彩凤和抗生就是我的亲人，我吃干的，就决不让他娘儿俩喝稀的。

说到这儿，他从怀里掏出那枚弹壳，伸到魏大河的面前：大河你看看，我们的诺言都在这里装着呢，你就放心地去吧。兄弟，你救过我，我一辈子都不会忘。以后，我就是彩凤的哥，是抗生的爹。大河，你听到我说的话了吗？你该闭上眼了。

魏大河的眼睛仍然那么空洞地睁着。

杨铁汉伸出一只手，在魏大河已经冰凉的脸上抹了一把。魏大河的眼睛终于合上了。

他又拍了一下魏大河伸出的手，那只手也放下了。

这时，杨铁汉的鼻涕、眼泪都下来了，他扑在魏大河的身上，号啕大哭起来。一边哭，一边喊着：大河，我的好兄弟，你就安心地走吧。

天陡然就黑了。

那天晚上，杨铁汉在魏大河的坟前坐了许久。他想到前些日子，两个人才立下的诺言，仿佛就是昨天发生的事——那一晚，他们也是这么坐在战友的坟前。他还想到了那次和魏大河一起回家时，大河就已经把他的爹娘和小菊当成了自己的亲人。他从来没有见过大河的妻子彩凤，也没见过抗生，但在大河一次次的描述中，彩凤和抗生在他的心里正一点点地清晰起来，仿佛他们就站在他面前，用热切的目光望着他，让他感到肩上的担子变得沉重起来，他喃喃自语着：彩凤、抗生，你们以后

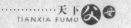

就是我杨铁汉的亲人了。

杨铁汉又一次流下了热泪，他欷歔着，感叹着。魏大河和他朝夕相处的往事，一幕幕地在他眼前闪过。

后来，他哽着声音冲躺在坟地里的魏大河又说了一番话：大河兄弟，杨铁汉是个男人，说过的话就要兑现，你就安心在这里歇着吧。等不打仗了，我就领着彩凤和抗生来看你。

夜色中，他慢慢站起身，举起了右手，向躺在那里的魏大河敬了个礼。然后，转过身，一步两回头地走了。

他走出几步，似乎清楚地听到魏大河长长地叹了口气。他立住脚，半张着嘴，眼泪又一次热热地涌出，他回过头，喃喃着：大河兄弟，我说的话你都听清了？听清就好，你放心吧。等不打仗了，我就来看你。那我就走了，大河兄弟。

这一次，他真的走了，再没有回过头去。

魏大河牺牲了，杨铁汉的心似乎一下子被掏空了。他开始变得寡言少语，没事就卷烟吸，深一口、浅一口，让或浓或淡的烟雾把自己包裹起来。他想自己，也想魏大河，想起魏大河时，他就会想起李彩凤和抗生。

彩凤和抗生住在城里。城里已经被日本人占据了，彩凤和抗生就生活在水深火热中，他不知道他们现在过得好不好。他们还不知道魏大河已经牺牲了，说不定，他们还在眼巴巴地盼着大河回家呢。一想到这儿，杨铁汉的心就一跳一跳的，一种隐隐的痛慢慢在心底里弥漫开来。

杨铁汉这些反常的举动，引起了肖大队长和刘政委的注意，他们分别找他作了谈话。

肖大队长说：铁汉哪，我知道你和大河的关系很好，但大河牺牲了，人死不能复生，你还要振作起来，拿出勇气和狠劲，替大河把小鬼子赶出中国。

杨铁汉冲肖大队长点点头。

刘政委也来找杨铁汉做思想工作，刘政委亲切地说：铁汉，你和魏大河都是县大队的中坚力量，大河牺牲了，我们也心痛。我们要化悲痛为力量，听党的指挥，在八路军的领导下，把鬼子赶出中国。我们目前的形势是这样——

刘政委是做思想政治工作的，他说话总是一套一套的，让人听了清晰明了，从县里讲到省里，又从省里说到延安，再说到国外反法西斯的国际形势，未来就在杨铁汉的眼里变得充满了希望。

杨铁汉听完刘政委的讲话，又深吸了口烟，然后闷声闷气地作了表态：放心吧，政委，县大队就是我的家，我服从组织，一切行动听指挥。

刘政委就重重地拍了拍杨铁汉的肩膀。

不论谁做工作，杨铁汉的心事是少不了的。只要一有空闲，他就会想起魏大河留下的孤儿寡母，担心他们饿了、冷了。想起这些，杨铁汉的心里就阴晴雨雪的不是个滋味。

# 任务

自从魏大河牺牲后，杨铁汉的心里除了悲伤和空落，还多了长长的牵挂。那是对李彩凤和抗生母子的惦念。仿佛他们就是自己的亲人，甚至比亲人还要亲。通过魏大河喋喋不休的讲述，杨铁汉在心里似乎已经熟识他们很久了——彩凤有着一双黑亮的眼睛，人很白，柔柔弱弱的样子。他还知道，彩凤只比自己小一岁。魏大河在向他讲那娘儿俩时，他已经把彩凤当成了妹妹，把抗生当成了自己的亲外甥。

杨铁汉一想起彩凤和抗生，心里就沉甸甸的，同时，一种亲切而柔软的东西也从心底里流出来，像三月的阳光，温暖又适意。

有几次，县大队执行任务去城郊骚扰。杨铁汉和战友们静静地埋伏在那里，隔着不远的城墙，他似乎看到了彩凤和抗生。他知道，他们就

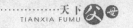

住在城里的某个角落，开着一间小杂货店，卖些烟酒糖茶和针头线脑。此刻，他离他们很近，却又看不到他们，当骚扰任务完成后，队伍往回撤时，他的心里一阵发空，一种莫名的情绪就笼罩上来。

县大队偶尔也有进城的时候，比如侦察城里的鬼子和伪军的布防和熟悉地形等。这样的任务不多，毕竟风险很大，以前曾经有过这样的任务，都是魏大河带着一两个战士去完成的。魏大河家在城里，他对那里的地形很熟悉。

魏大河进城执行任务时，也曾偷偷地回家看过彩凤和抗生。回来后的魏大河是幸福的，他两眼放着光，一边说，一边用手比画着：我儿子都这么高了，他都认不出我了。我参军时，他还躺在床上，现在都能满地跑了。一次，魏大河从城里执行任务回来时，带回了一包卤肉和一瓶酒。夜半的时分，魏大河把杨铁汉叫醒，两个人坐在一棵树下，一边喝酒，一边吃起来。魏大河似乎还没有从和亲人相见的喜悦中走出来，他面红耳赤地絮叨着。杨铁汉一边羡慕地听着，一边插嘴道：大河，你有个好老婆，也有个好儿子。

突然，魏大河就哭了。杨铁汉一怔，不知发生了什么，他不解地望着魏大河。

魏大河呜咽着，嘴里含混不清地说：我儿子都不认识我了，他管我叫叔叔，就为这，我还打了他一巴掌。我走的时候，儿子还在哭哪。

杨铁汉听了，心里也不好受，却不知该怎么去劝伤心的魏大河。好半晌，才憋出一句：孩子小，不懂事。

魏大河抹了一把脸上的泪，又喝了一口酒，长叹道：唉，我不怪他。我离开他时，他还只会躺着，还只会冲我笑。

杨铁汉看了眼魏大河，故做轻松地说：等城里的鬼子被咱们赶走了，你就可以回家安心过日子了。

魏大河的情绪似乎缓了过来，也一脸神往地说：那我就天天带着儿子去护城河里抓青蛙，去南城逮蝈蝈。这小子可淘了，不过也怪好玩儿的。

说到这儿，魏大河脸上的表情也一点点地幸福起来。

杨铁汉还没来得及有自己的儿子，如果不是日本人来，说不定自己和小菊也有了孩子。看着魏大河一脸幸福的样子，杨铁汉也迫不及待地幻想起来：大河，等我也有了儿子，就让他们哥儿俩一起玩儿。到时候让抗生到乡下住一阵子，乡下比城里好玩，抗生一定会喜欢。

魏大河的情绪高涨起来，他猛地喝了一口酒，把酒瓶子递到杨铁汉的手上，搓着手说：铁汉，会有那一天的。你干脆现在就和小菊成家，说不定等把日本鬼子赶走时，你的孩子也满地跑了。

关于小菊的问题，杨铁汉也在心里无数次地想过，父母也跟他提起过。他参加县大队并不影响他和小菊成亲，县大队三天两头地路过小南庄，小南庄现在已经是县大队很重要的根据地了。小菊就在庄里的妇救会工作，组织一些妇女，为县大队筹粮等做一些具体的事情。可每一次想起小菊时，杨铁汉的心情就变得复杂起来，他和小菊从小就认识，可以说是青梅竹马。小菊的父母去世后，小菊别无选择地来到了杨家。他比小菊大两岁，在心里早已经把她当成了自家人。如果不是日本人来，他们早就圆房成亲了。

他每次路过小南庄，回家看望父母和小菊时，母亲总要把他拉到一边，上下左右仔细地把他看一遍，这才放下心来，接着又叹着气说：铁汉哪，你也老大不小了，小菊也不小了，你们该成亲了。

他就劝慰着母亲：娘，我这不是参加县大队了嘛，天天行军打仗的，哪顾得上结婚呢。

母亲一脸忧虑地又把他看了一遍，才说：娘知道，县大队见天和鬼子打仗，枪子儿可不长眼，万一你有啥好歹，咱家连个后人都没有留下。

听了母亲的话，杨铁汉的心里忽悠地沉了一下，他最担心的也就是这个。他不是不想结婚，他早在心里把小菊当成了自家人，可成亲了，

有了孩子，如果他牺牲了，就会给小菊留下许多负担。这种负担怎么能让一个女人去承担呢？想到这些，他已经有些动摇的心就坚定了起来。看着母亲忧心忡忡的样子，他认真地冲母亲撂下一句话：娘，你放心，等把小鬼子赶走了，我一准娶小菊，然后给你生一大群的孙子。

母亲听了他的话，咧了咧嘴，就又哭开了。她已经听儿子说过很多次这样的话了，可鬼子又何时能被赶走呢？见他这么说了，当母亲的也不好再说什么，只能怀着一颗惴惴不安的心送走了儿子。

每次离开家时，小菊也都会送上一程，这是他们唯一能够单独相处的机会。刚开始，他在前面走，小菊跟在后面。走出小南庄，两个人就并排着走了。

这时，他清清嗓子，深深地看上一眼小菊，说：小菊，这个家就交给你了。

小菊就垂下了头：铁汉哥，你别这么说，这都是我应该做的。

他干咳了一声，若有所思地点点头，又说：爹娘年纪都大了，我照顾不了他们，让你费心了。

小菊这时抬起头，望了眼他：哥，你放心，他们既是你的爹娘，也是我的爹娘。不管你以后咋样，我都会为他们养老送终。

他听了这话，就立住脚，认真地看着小菊，心里就有种热热的东西涌了出来。他的喉头有些发紧。他知道，小菊是个善良的姑娘，此时他不得不在心里对自己说：如果赶走小鬼子，我还能活着，就一定娶了小菊，让她过上好日子。

这么想过后，他冲小菊咧嘴笑了一下：小菊，别再送了，我走了。

说完，他甩开大步向前走去。

哥，打仗时小心些，枪子儿可不长眼哪——

他立住脚，转过头，回望小菊一眼，笑笑说：我知道。回吧，小菊——

小菊又说：妇救会在给你们做鞋哩，让你们在入冬前一定都能穿上棉鞋。

他又冲小菊笑了笑，就再也没有回头。

小菊天长地久地立在那里，直到再也望不到他的身影。

这就是杨铁汉心里的小菊。一提到小菊，他的心里就有些发软，这让杨铁汉这个男人的心肠也脆弱了起来。

魏大河牺牲了，他的心里就多了份惦念和牵挂，沉甸甸地装在心里。他一直期盼着有机会进城里，去看一眼彩凤和抗生，哪怕就是一眼，他的心里也会踏实一些。

在牵挂和难挨的等待中，这样的机会终于来了。县大队决定摸清城里鬼子的换岗情况，几天前城里走了一拨鬼子，又来了一拨，县大队为了解鬼子的动向，准备派人去城里摸清情况。杨铁汉主动请缨，领受了任务。他带着一名战士，在肖大队长和刘政委的叮咛下，上路进城了。

杨铁汉和战友化装成卖菜的农民，肩上挑着两担菜，顺利地进了城。卖菜并不是他们的任务，查明鬼子在城里的布防才是他们的目的。一进城，杨铁汉担着菜直奔伪军的兵营，他已经了解到，菜贩通常都是直接把菜担到兵营门口等着。果然，那里已经有两个农民担着菜等在那儿了。

不一会儿，一个伙夫打扮的伪军就从营门里走了出来。

杨铁汉见机会来了，便和另外两个农民一起拥过去，嘴里喊着：老总，买我的吧，我的新鲜，今儿早刚从地里摘的。

伙夫很不耐烦地挥着手：吵什么吵，再吵我谁的也不要了。

杨铁汉和那两个农民都噤了声，讨好地看着伙夫。

伙夫先看了人，又看了菜，仔仔细细地看了，一挥手道：都给我挑进去吧。

两个农民一听乐了，麻溜地跑进了兵营，似乎晚一步，伙夫就变卦了。

杨铁汉尾随着伙夫，不慌不忙地向前走，一边走，一边搭讪着：老

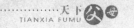

总，今天咋用这么多菜，是哪个老总过生日，要摆宴席呀？

伙夫头也不回地说：你瞎了眼啦，没见皇军又来了两个小队吗？

伙夫说到这儿，自知说漏了嘴，忙瞪起了眼睛：你个卖菜的，瞎打听什么。

杨铁汉心里有了数，忙赔着笑：该死，我不该乱问，老总您别生气。

完成了任务的杨铁汉心里一阵轻松，这时，他就自然地想到了城里的彩凤和抗生，这次他把进城的任务争到手，主要的目的就是想去看看彩凤和抗生。

县城不大，魏大河家的地址他早已烂熟于心，没费多大力气，他就找到了城南振兴街的振兴杂货铺。

远远地看着铺子，他的心就别别地一阵猛跳，不知是兴奋还是紧张。他先是看见杂货铺的门前，一个长得虎头虎脑的小孩，正蹲在那里玩儿。他走过去，站在孩子身边，孩子就抬起了头。

你是抗生吧？他小心地问。

抗生警惕地望着他：你怎么知道我的名字，我不认识你呀。

说完，抗生冲杂货铺里喊了声"妈"，就跑了进去。

他走进杂货铺。彩凤正在擦拭货架上的东西，见有人来了，忙放下手里的东西，招呼着：这位先生您买点儿什么？

杨铁汉站在柜台前，仔细地看了眼彩凤，又看了一眼躲在彩凤身后的抗生，心里有些发酸。此时，母子二人还不知道大河牺牲的消息，想到这儿，眼眶一阵酸胀。他怕彩凤看出什么来，忙掩饰着挠挠头。这时候，抗生从彩凤的身后探出了脑袋，他冲抗生笑一笑：抗生，几岁了？

抗生"嗖"地把头缩了回去：我不认识你，你是谁啊？

彩凤也用疑惑的目光望着他。

他回头向街上看了一眼，见四周无人，压低声音道：你叫李彩凤，我知道你。我是大河的战友，我叫杨铁汉。

彩凤这时才轻呼出一口气，她也压低了声音问：执行任务吗？大河怎么没来？

大河执行别的任务了，他让我来看看你们娘儿俩。

这位大哥，还没吃饭吧？我这就给你做去。

彩凤说完，就要把店门关上。

杨铁汉制止了彩凤，把卖菜的钱拿出来，放在柜台上：这是大河让我捎来的。看到你们母子都好，大河也就放心了。

杨铁汉知道自己该走了，如果不走，他怕自己会哭出来。想到这儿，他转身走了出去。

等等——

彩凤在他身后喊了一声。

他停住脚，站在那里。

彩凤拿了一瓶酒塞到杨铁汉的怀里：这个给大河带回去，他就爱喝上一口。

杨铁汉站在那里，接也不是，不接也不是。最后，他还是接过来，转身快步离开了杂货铺。他不敢扭过头去和彩凤告别，生怕含在眼里的泪会掉下来。

彩凤在他身后喊着：大哥，你给大河带个信儿，我们不用他惦记着。

哎——

他闷声应着，逃也似的离开了振兴杂货铺。

杨铁汉回到县大队，向领导汇报完侦察到的情况后，脑子里就一遍遍地回放着见到彩凤母子时的情景。想起那对母子，他就想到了魏大河，以及魏大河的托付，杨铁汉的心从此开始变得不平静起来。

那天夜里，他走了十几里的山路，到了魏大河的坟前，他把那瓶酒也带来了。

坐在魏大河的坟前，恍惚竟觉得大河根本就没有离开过他。他打开

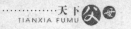

酒瓶，先往地上倒了一些，然后自己也喝了一口。

他看着地上的酒液慢慢地渗透到土里，才哀哀地说：大河兄弟，我来看你来了。这酒就是彩凤让我带给你的，你也喝一口。

在这月暗星疏的夜晚，他的声音越发显得悲凉。一阵风"嗖"地吹过来，他的身子不由得抖了一下。

他又举起酒瓶，喝了几口，接着说：兄弟，今天我进城了，也见到他娘儿俩了，他们都好，你放心吧。

说完，他又喝了一口酒，这时候，他的眼泪就下来了。他已经有了一些酒意。靠在大河的坟上，他忽然觉得此时的大河离自己很近，过了半晌，他很响地拍着胸脯冲大河说：大河兄弟，你托付给我的事我没忘，我记着呐。我还是那句话，以后有我吃干的，就决不让他娘儿俩喝稀的。大河，你听到了吗？

说着，他转过身来，用胸怀贴住了大河的坟头，仿佛抱住了大河一样。两个人就像从前那样，亲亲热热地抱在了一起。

大河啊，你就放心吧，有我在，我决不会委屈了她娘儿俩。你踏踏实实地在这里好生歇着，等打跑了鬼子，我就接你回家。

最后，他把剩下的半瓶酒都洒在了魏大河的坟前。

在走出两步后，他又停了下来，转过身，冲魏大河敬了个礼，才摇摇晃晃地走了。

在没有见到到彩凤母子时，彩凤和抗生在杨铁汉的脑海里是抽象的，就像符号。可自从见到了彩凤和抗生，生动具体的两个人就不可遏止地闯进了他的心里，惦念和牵挂也变得越发得悠远和绵长。

那以后，不知在什么时候，他冷不丁地就会想起那娘儿俩，心里就"别别"地乱跳上一阵。就是在梦里，那对母子也偶有造访，冷不丁地惊醒后，就再也睡不着了，彩凤和抗生就活生生地立在他的面前，静静地望着他。不知为什么，他的眼泪就又流了出来，他在心里说：彩凤、抗生，你们等着，等把日本人赶走了，我就进城去照顾你们。

杨铁汉冥冥之中感到这一切就是老天的安排，正是血气方刚的他按理是不该信什么命的，但在彩凤娘儿俩的问题上，他竟觉得自己逃脱不了该有的命运。

接下来的日子里，他的心思就再也没有离开过城里的彩凤和抗生。他一直在寻找着再一次进城的机会。

机会就这样鬼使神差地又一次来了，也就是这一次，彻底地改变了杨铁汉的人生命运。

这天，县大队正在杨家庄休整待命，肖大队长神秘地把杨铁汉叫到了大队部。说是县大队部，其实就是普通的一间老乡住的民房。

肖大队长找到杨铁汉，小声地说了一句：铁汉，你跟我来一下。

说完，就独自走在前面。

大队长，有啥事？杨铁汉一迭声地追问着。

肖大队长头也不回一下，甩着两只胳膊很快地在前面走。

杨铁汉觉得今天的肖大队长很是有些怪。

肖大队长径直把他引到大队部，刘政委正坐在炕上吸烟。此时，政委的样子就像个地道的农民，盘着腿，坐在炕上，一团团的烟雾把他密密实实地罩了。杨铁汉明显感受到，肖大队长和刘政委此前正在这儿研究着什么，这是他迈进屋门后的第一直觉。

肖大队长走进屋里，便背着手在空地上踱步。

刘政委透过层层叠叠的烟雾望了杨铁汉一会儿，终于开了口：铁汉，坐吧。

杨铁汉看了看刘政委，又看一眼正在踱步的肖大队长，坐在了炕沿上。

刘政委犹豫着冲肖大队长问：老肖啊，是你说还是我说？

肖大队长挥了一下手：人是你定的，还是你说吧。

肖大队长说这话时，很有些生气的样子。

刘政委点点头，不紧不慢地卷了支烟，点上。

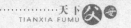

　　杨铁汉突然意识到，将要有大事发生了。以前，肖大队长和刘政委也找他谈过话，交代过任务，但从来不是今天这个样子。他有些紧张地看着面前的政委和肖大队长。

　　刘政委说话的声音很低也很慢：刚接到省委通知，让我们在县大队选拔一名优秀的干部。

　　杨铁汉听到这里，一下子站了起来，他呼吸急促地说：让我去干什么？

　　刘政委又压低声音道：省委通知，是执行一项特别的任务，具体是什么任务，省委说是绝密。

　　杨铁汉不敢再往下问了，他参加县大队快四年了，早已经由一名普通的战士锻炼成了一名排长。他知道组织的纪律和原则，明白该说的说，不该说的决不能说。他立在那里，听候着两位上级的吩咐。

　　刘政委说完，冲肖大队长征求道：老肖，你看你还有什么要交代的？

　　肖大队长不高兴地说：我有啥交代的，组织上这么定了，就定了呗。

　　看来肖大队长对这件事很有看法，也表示出了不满情绪。

　　刘政委没再说什么，只是大度地笑一笑。

　　事后，杨铁汉才知道，关于选派他到省里执行特殊任务，肖大队长是不同意的。之所以不愿意让他去省里工作，肖大队长也是有着自己的打算。在肖大队长的心里，经过多年战争的锤炼，唯有杨铁汉和魏大河才是他得意的左膀右臂。现在，魏大河牺牲了，他就如同失去了一只胳膊，整天郁郁寡欢。

　　其实省委的通知也很简单，只说让县大队选拔一名政治上靠得住的干部，去省里执行一项特殊任务。接到通知，刘政委第一个就想到了杨铁汉，杨铁汉入伍近四年，不仅能打仗，还头脑灵活，不论政治上还是个人素质上，都可以让组织信赖。刘政委就和肖大队长商量：看来杨铁汉是不二人选。

肖大队长一听，头便摇得像拨浪鼓：不行，绝对不行！选别人我同意，唯独不能选铁汉。

刘政委不急不恼地反问：那你说说看，为什么不能选铁汉？

肖大队长急躁起来：铁汉这么能打仗，我正打算让他担任中队长呢。你现在把他抽走了，老刘你想过没有，这是釜底抽薪啊！

刘政委就笑一笑：那我问你，铁汉政治上合不合格？

肖大队不明就里地说：那当然，他要是不合格，那全大队就没有人合格了。

刘政委点点头，又问：那他素质过不过硬？

那还用说，铁汉不仅能打仗，还有头脑。肖大队长的样子很有些得意。

刘政委听到这儿就胸有成竹地说：省委让咱们派一个政治上靠得住，又有素质的干部去执行特殊任务。但我想问问，老肖你知道特殊任务意味着什么？

肖大队长不耐烦地挥挥手说：老刘你别给我绕弯子，我不知道啥特殊不特殊，在我心里，打鬼子就是第一要紧的事。

刘政委仍不紧不慢地说：老肖你说的在理，省委的特殊任务虽然没明说，但一定和打鬼子有关。现在我们是全民抗日，不是这个事，难道还能是别的事？省委既然选人，就一定是有重要的工作要做，我们应该选派最优秀的人才过去，而不应该藏着掖着，我们对上级要有一颗诚心。

刘政委这么说完，肖大队长就没话好说了。他皱着眉头，蹲在地上，半晌才说：老刘你说的一定没错，可你让铁汉去，我还是舍不得。

刘政委以一副稳操胜券的样子，继续耐心地做着说服工作：从情理上说，铁汉走，我也舍不得。他是个好同志，可我们抗日要从大局出发，不能只考虑咱们县大队，老肖你说是不是这个理儿？

在刘政委强大的政治攻势下，肖大队长只屈服了，但他仍然心不甘、情不愿的样子。肖大队长一直梗着脖子，表面上想通了，内心还是很不服气。

省委的通知很急，杨铁汉在当天的夜晚就出发了。之所以选择晚上出发，也是省里的意思，选派的人去省里工作一定要秘密进行，知道的人越少越好。至少目前只有刘政委和肖大队长知道这件事。

为了保密，杨铁汉出发前换上了便装，他在大队部简单地与刘政委、肖大队长作了告别。走出大队部时，肖大队长一把拉住杨铁汉的手：铁汉，我送你出村。

考虑到行动的隐秘，两个人绕开了村口的岗哨，一路沉默地走着。杨铁汉终于憋不住地转过身道：大队长，你别送了，快回去吧。

肖大队长就立住了，伸出手抱住了杨铁汉：铁汉，你这一走，我是真舍不得啊！

杨铁汉也有些动情：大队长，我也舍不得离开咱们县大队，我会想你们的。

肖大队长松开杨铁汉，狠狠地拍了拍他的肩膀：咱们的工作都是为了抗日，在哪儿都一样，有机会回咱县大队看看。铁汉，保重啊！

大队长，你也要保重。

说完，杨铁汉转身走进了夜色里。两个人谁也没有想到，此时的分别竟成了一生的永别。

杨铁汉踏着夜色，蹚蹚地向前走去。

肖大队长一直望着自己的爱将渐行渐远，直到再也看不到杨铁汉的身影，他还恋恋不舍地挥着手。然后，转回身，一脸落寞地向村里走去。

走在无边的夜色里，杨铁汉又一次想起了城里的彩凤和抗生，此次去省委报到，不知是离他们远了还是近了？他不得而知，但在心里他早已经沉甸甸地将他们装了进去。

# 特殊使命

翼中省委也是秘密的地下机构，说是省委，其实并没有一个明显的办公机构，许多人也都有着自己的职业，以一种正式的身份作为掩护，秘密地做着抗日的工作。

省委通知杨铁汉在大刘庄集合。他在赶了一夜的路后，于第二天天亮来到了大刘庄。村头已经有人等在那里。

到大刘庄报到后，杨铁汉才知道已经有十几个人先于他到大刘庄报到了。他来了之后，陆续又来了十几个人，他们这一批的三十位同志大都是从各县大队抽调来的，同时也有来自省委和机关的同志。

人到齐后，省委特工科的李科长召集他们开了一次会，许多人直到这时才知道，他们以后的工作就将归省委特工科直接领导，当然，工作也由地上转入到了地下，身份也同时有了改变。以前，他们都是舞枪弄棒的人，轰轰烈烈地抗日；现在的他们脱下军装，放下枪，深入到敌后，设立交通站，搜集敌人的情报，完全彻底地换成了另外一种方式去抗日。

省委特工科的李科长，人生得文气，鼻子上架了副眼镜，很斯文的样子。他召集大家开会时，站在众人面前，半天没有说话，只是用目光从头到尾地把所有的人都看了一遍，似乎把所有的人都记在了心里。李科长果然是搞特工出身的，他的记忆力惊人，那以后，他就从没有喊错过一个人的名字。李科长几乎就是这些特殊身份者的活档案。

那时候做地下工作是非常危险的，且又都是单线联系，每个人都不能留下文字性的东西。否则，组织一旦遭到敌人的破坏，这张精心编织的地下工作网络就会遭到重创。从红军时期到现在，我党的地下组织都是在沿袭着这一条不成规矩的原则。

李科长是老特工出身，红军时期就在周恩来的直接领导下，参与了党的特工工作。到延安后，他又被派到了翼中省委，成了一名身经百战

的老特工。

李科长人虽然生得斯文，但站在那里却有着与众不同的气质，他用目光望着这些从四面八方凑在一起的人时，众人就感受到了一种大战前的紧张气氛。人们浑身都为之一紧，每一个细胞都紧紧地纠在了一起。

李科长面容沉静地开了口：同志们，你们都是优秀的抗日干部，从今天开始，你们要接受为期七天的封闭式训练，七天以后，你们就是我党我军的地下工作者了。你们要成为一把又一把的尖刀，插入到敌人的心脏，要让敌人流血，让敌人受内伤。

李科长讲到这里，停顿了一下，又用目光威严地扫了大家一眼。众人就感到了一种从没有过的责任，结结实实地压在了肩头。杨铁汉也感受到了一种无形的压力，有些紧张，却又一脸激动地望着李科长。

以前，你们扛枪是为了抗日；现在，你们深入敌后，潜伏在敌人身边，也是为了抗日。你们曾是一群积极、优秀的抗日战士，但在未来的工作中，同样需要你们坚定不移地为抗日工作流血牺牲——

李科长讲话完毕，三十几个人就分成了若干小组，开始了紧张的学习。

首先，他们学习了党的保密守则，每一项条款都有着详尽的规定，条理清晰，责任明确。杨铁汉在学习的过程中，充分意识到了作为一名地下工作者对组织和国家所具有的责任。

接下来，他们又学习了许多党的内部文件，听教员讲解了一些地下组织工作的实例。在这些活生生的实例中，有许多优秀的特工人员为了获取重要情报，牺牲了自己的生命。更有人为了这支刚刚建立起来的军队，凭着自己坚定的意志和信念，忍辱负重地周旋于敌后。这是一场看似没有硝烟的战争，但却是危机四伏。

他们甚至还学习了被捕后，如何去面对敌人的刑讯逼供。当然，也懂得了与组织失去联系后，怎样在沉默中去等待。

这是一项全新的工作，冒险而又刺激。经过紧张的学习，将这些铁的纪律和规定烂熟于心的时候，七天的时间也就到了。接下来，这一批地下工作者们就要奔赴自己的岗位了。在这短暂的七天时间里，这些被集中起来的同志也都熟悉了彼此，但他们却不清楚对方的真实姓名。自从他们迈进集训队的一刻，他们的名字就失去了意义，而拥有了自己的代号。杨铁汉的代号是白果树。杨铁汉很喜欢自己的代号，在他的家乡，白果树是一种很常见的树种。秋天叶子黄了的时候，树上的白果也成熟了，纷纷扬扬地落了下来。杨铁汉还清楚地记得老虎草和白杨树等好几个同志的代号，被人用代号呼来唤去，这令他们感到新鲜和好奇。就在他们进一步快熟悉起来的时候，集训的任务就完成了。

整装待发的时刻到了，每一个人都不知道自己的去向，更不用说了解别人了。

李科长分头找到每个人，低声细语地交代完工作，那个人就被人带走了。没有人知道他们去了哪里，一切是悄悄地来，又悄悄地离开。

杨铁汉差不多是最后被李科长找去谈话的。他在等待的过程中想了很多，他想的最多的就是彩凤和抗生了，这次他不知道自己还能不能再见到他们母子。这时候，他又想到了和魏大河一起许下的诺言，如果自己真的见不到彩凤娘儿俩，就只能等到革命胜利了，再去兑现自己的承诺。当然，他也想到了爹娘和小菊，也许在一段时间内，自己再也见不到自己的亲人了。想到这些，心里就有些空，但一想到面临着的这份新的抗日工作，他又振作起来。

李科长找到杨铁汉谈话时已近傍晚，在这之前，一个又一个同志已经悄悄地走了。现在，终于轮到杨铁汉了，他和来时一样，背着简单的行李，出现在李科长面前。

李科长伸出手，用力地把杨铁汉的手握了。看似斯文的李科长，手上的力气很大，让杨铁汉感受到了一种力量，他的精神也为之一振。

李科长盯着杨铁汉的眼睛说：白果树同志，你准备好了吗？

杨铁汉就挺胸抬头地答：报告首长，一切安排听从组织的指挥。

他的回答，也正是特工工作者纪律守则中的其中一项。现在，杨铁汉已经能够熟练地掌握这些条律了。

好！李科长满意地点点头。

然后，李科长从衣袋里摸出一张纸条，递给了杨铁汉。

李科长语气平静地交代着任务：白果树同志，这就是你的工作地址，还有联系人和接头暗号。

杨铁汉握着那张小纸条，那上面清楚地写着几行字。工作的地址可以说是熟悉的，那就是县城。跟他联系的是一个叫作老葛的人，接头暗号也是极为简单的一问一答——

你这里有白果卖吗？

白果没了，缺货，等着东家送货呢。

暗号一旦对上，那就是自己人了。

李科长扶了一下眼镜，看着杨铁汉继续说：和老葛接上头以后，他会交代你的具体工作。

杨铁汉把那张看似不起眼的纸条一连看了几遍，准确无误地将它印在了脑海里，然后，当着科长的面，把那张纸条吞到了肚子里。这也是一项铁的纪律，身为特工人员，决不能给敌人留下一个字。

李科长满意地冲杨铁汉点点头，又伸出手，和他握了一次：白果树同志，省委等候你的好消息。你出发吧，不要回头看。明天，特工科就搬到一个叫刘白的地方办公去了。白果树，你记着，你不是一个人在战斗，你的身边还有许多同志与你一起并肩战斗着。

杨铁汉向李科长敬了个礼，认真地看了眼李科长，转身走了出去。

天已经暗了，他一走出门，就有特工科的人领着他走出了村庄。

在村口，特工科的人一脸严肃地同他作了告别。

此时的杨铁汉是兴奋的，他没有想到自己还能回到县城工作，这是他梦寐以求的。这就意味着，他终于可以实现自己对兄弟魏大河的承诺了。想到这儿，他的心情豁然开朗起来。最初，在不知自己的工作去向之前，他的内心是忐忑的，想到也许再没有机会回到县城，他的内心是忐忑的。现在，让他没有想到的是自己竟又回到了县城，尽管他清楚工作也是有纪律的，即便是和自己的亲人也不能随意接触。但不管怎么说，能回到县城，就意味着自己和彩凤母子会很近地在一起了。想到这儿，心里顿感前所未有的踏实。

又是一夜的跋涉，他回到了县城。此时，杨铁汉已经是一副百姓装扮。在城门口，他用自己的行李换了一筐萝卜。他挎着一筐萝卜，混在一群进城的小买卖人中间，进了城。

他很快就找到了城中的老药房。老药房的门脸并不大，此时的老药房的门板已经卸下来了，开始了营业。

他把那筐萝卜放在门口，拍了拍身上的土，走了进去。

柜台后面坐着位穿长衫的人，年龄看上去有四十多岁。他进门时，对方抬头看了他一眼，也就是一眼，便低下头忙着整理手上的一叠药方。

他走近柜台，四下里望了一下，问道：先生，你这里有白果卖吗？

先生抬起头，认真地看了他一眼，又向他身后瞧了瞧。药房刚开门，还不见客人，杨铁汉的身后空荡荡的，只有一束晨光斜着射了进来。

先生眨眨眼道：白果没了，缺货，等着东家送货呢。

他心里顿喜，暗号算是对上了，自从离开县大队，又离开了特工科，虽然只是短短的十几个小时，他却觉得自己很孤单。他从参加县大队后，还从没有一个人这么长时间地离开过队伍，就是外出执行任务，也会有别的战友在自己的左右。现在，他终于又看到了自己的同志，他有几分激动，上前一步，刚要开口，又警觉地站住了。他回头看了看身后，确实再无他人，这才疾步上前说：你是老葛吧？

老葛这时也站了起来，伸出手，很快地和他握了一下：你是白

果树？

他点点头，眼睛莫名地潮湿了，声音哽咽地说：我是白果树，娘家人让我来找你。

这也是他们的特定用语。自此，杨铁汉就进入了角色。

老葛从柜台后走出来，冲他说：你跟我来。

他尾随在老葛身后，从旁门口上了楼梯。

这里是老葛的卧室。老葛一进来，就把门关上了。老葛又一次把他的手握住了，这一次，两只手握住了，并没有马上放开。

两个人长久地握着手，老葛的样子也有几分激动，他说：白果树同志，可把你盼来了。前一阵子，咱们县城里的地下组织遭到了敌人的破坏，有三个同志被捕了，组织正在积极想办法营救。你来了就好了，我们又可以开展地下工作了。

杨铁汉急促地喘息起来，好一会儿才说：老葛同志，组织交代过，你以后就是我的领导，有什么工作你就吩咐。

老葛从柜子里拿出一把钥匙递给他：这是布衣巷十八号的钥匙，以后你就住在那里。你现在的工作是磨刀匠，这样可以方便地走街串巷，为组织搜集情报。

杨铁汉郑重地接过钥匙，目光炯炯地望着老葛。

老葛又说：你以后的任务，我会随时交代给你。

杨铁汉点点头：我明白。

老葛当下就差了一个伙计把他领到了布衣巷十八号。从此，杨铁汉就有了磨刀匠的身份，人们经常会看到他背着一副磨刀的家什，走街串巷，嘴里喊着：磨剪子嘞，戗菜刀——

杨铁汉的声音悠远洪亮，不时有人从胡同的某个门后喊一声：磨刀的，我这儿有一把刀要磨。

杨铁汉走过去，拉开架势，帮人磨刀。

# 重逢

杨铁汉从此开始了他的地下工作。他的上线老葛无疑是他的直接领导，这期间，他还有了自己的下线小邓。

小邓是在一天的清早敲开了布衣巷十八号的大门。在这之前，老葛曾有过交代，说有人会来找他，并告诉了接头暗号。

你找谁？杨铁汉看着来人。

老家有人病了，要买点白果做药引子。

我这儿有，要多少？

二两三钱就够了。

暗号接上了，杨铁汉就拉着小邓的手走进了屋里。眼前站着的就是自己的同志，他努力要看清对方自己是否熟悉，在他的潜意识里，自己的同志一定是熟悉的。他努力地看了又看，想了又想。

小邓就笑一笑说：白果树同志，咱们没有见过面。

说完，递给他一张纸条，纸条上写着小邓的联系地址。

小邓很快就站起身说：白果树同志，以后我就是你的下线，有事你随时联系我。

说完，又冲杨铁汉笑了笑，转身就走了。他甚至没有说一句告别的话。

地下工作者的纪律是，杨铁汉只对自己的上线和下线负责，上线和下线决不会直接接头，也互不认识对方。地下网络就像一只链条，中间这一环只对挂着上一环和下一环。老葛认识他，小邓也认识他，至于老葛的上线和小邓的下线，那就与他没有任何关系了。地下工作的纪律，使他不可能多问，即便是问了，也不会有人告诉他。这是铁的纪律，既是为自己的同志负责，也是为了地下工作的顺利进行负责。就连老葛和小邓的称呼，也肯定不是他们的真实姓名，而只是个代号。这一切对他来说都不重要，重要的是，他要完成好自己的任务。

老葛交代给他的第二项任务就是查清城内鬼子和伪军的布防情况，这对他来说，并不是一件困难的事。他背上磨刀的家伙，在鬼子的兵营和伪军兵营的门外，一遍遍地吆喝着：磨剪子嘞，戗菜刀——

鬼子兵营的门口，有三两个卫兵电线杆子似的戳在那里，还不停地有鬼子的游动哨，在营区走来走去。鬼子的巡逻摩托车还有满载着鬼子兵的卡车，一趟又一趟，很是热闹地在兵营进进出出着。

杨铁汉扯着嗓子冲鬼子兵吆喝着：磨剪子嘞，戗菜刀——

他的喊声引来了两个鬼子兵的注意，两个人嘀咕了几句，就有一个鬼子兵走了过去。

八嘎——

鬼子兵的刺刀就顶在了杨铁汉的胸前。杨铁汉看见鬼子兵的刺刀和面前的鬼子，心里就有了几分激动。在县大队的时候，他们差不多三天两头地就会和鬼子打上一仗，鬼子兵的神态和刺刀，已经让他见怪不怪了。

杨铁汉抬起头，望着鬼子，笑了笑，心想：要是在战场上，只一个虎步，再一个背跨，老子就能把你个小鬼子撂倒。想起和鬼子拼刺刀，他就有些兴奋。

鬼子又喊了一声：八嘎——

这一声喊让他清醒过来，他这才意识到，自己已经不是县大队的杨铁汉了，而是地下联络员白果树。他眼前的工作就是摸清敌人的情况，然后通过下线小邓传递出去。他清醒过后，就冲鬼子咧嘴笑笑：老总，磨刀吗？

鬼子的刺刀顶在他的胸前，明晃晃的有些刺眼。

鬼子听不懂他说的是什么，只是把刺刀又往前抵了抵，嘴里一遍又一遍地叫着：八嘎——

他从容不迫地背起磨刀的家伙什儿，打着手里的铁钗儿，吆喝着：磨剪子嘞，戗菜刀——

他一边喊着，一边离开了兵营。

很快，他又转悠到了伪军兵营的大门外。伪军这里就显得松散许多，三两个伪军立在门口，其中的两个在对火吸烟，另一个正冲着太阳打喷嚏，酝酿了半天，却没有打出来。最后，终于捉着自己的耳朵，才把喷嚏响亮地打了出来，一副很受用的样子。

杨铁汉冲着门口的伪军吆喝起来：磨剪子嘞，戗菜刀——

几个伪军闲着无事，听见动静朝这里张望起来。

一个伪军晃着膀子朝杨铁汉走过来。他立在杨铁汉的面前，一只脚踩在杨铁汉磨刀用的小凳上，一边把身后的枪拿到了眼前，"咣当"一声，上了刺刀。伪军就用刺刀在杨铁汉的眼前比画着说：这个你磨吗？

杨铁汉把目光从刺刀移到伪军的脸上，为难地挤出一丝笑：老总，您别开玩笑，俺这小手艺可经不起这个。

伪军就露出了嘴里的黄板牙，从兜里抠出一支纸烟，点上，猛吸了几口，这才骂骂咧咧地说：妈了个巴子，昨天出城和八路军县大队打了一仗，老子差点儿就回不来了，有颗子弹就贴着老子头皮飞过去了，没打着我，倒把我身后的刘三给撂倒了。我这是命大，得除除晦气，你今天非得给我磨磨不可。

杨铁汉知道，今天算是遇到横的了。他看到伪军伸到面前的刺刀接也不是，不接也不是，只得赔着笑脸央求道：这位老总，俺是磨剪子和菜刀的，您这活咱不会磨呀！

妈了个巴子，这不是刀？是刀，就能磨，我是除晦气呢。

两个人正僵持着，院里走出了那个胖厨子，身上油渍麻花的，脸上的麻坑也泛着油光，他急颠颠地走过来，手上掂着两把菜刀，见到伪军一副张牙舞爪的样子，就说：孔二，你这儿吓人呢？

叫孔二的伪军忙说：我吓啥人，我要磨刀，他说磨不了，这不是瞧不起我吗？

胖厨子一把推开了孔二：孔二，别闹了，班长让我磨刀来了，还等

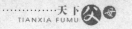

着做午饭呢。

孔二就收回了枪：哎，老潘，中午有啥好吃的，还用磨刀？

昨天你们出去，不是抢回来两只羊嘛，今天中午会餐，吃羊肉。

听了潘厨子的话，孔二高兴了，背上枪，一摇三晃地往回走去，嘴里还哼起了小调。

杨铁汉见过眼前的潘厨子。他那次进城扮做卖菜的，就是这个潘厨子把他领进了伪军的兵营。鬼子调防的消息，也正是潘厨子无意中透露出来的，他对眼前的潘厨子颇有好感，就一边磨刀，一边搭讪着：这位老总，您姓潘哪？

潘厨子一脸惊奇地问：你咋知道？

俺刚才听那老总就这么叫你来着。

潘厨子仔细地打量了杨铁汉一眼，嘴里就"咦"了一声，说：这位兄弟，好眼熟啊，咱们好像在哪儿见过。

杨铁汉头也不抬地说：我以前卖过菜，你买过我的菜。

潘厨子就一拍腿道：我说呢，看你怎么这么眼熟，听口音儿也这么熟，哪个庄上的？

小南庄的。

潘厨子就又拍了一下腿，样子有些激动地说：嘿呀，我是潘各庄的，离你们小南庄就十五里路，咱这算来还是老乡哩。

接下来，两个人似乎就亲近了许多，东拉西扯地就聊上了。杨铁汉从潘厨子那里知道了城里伪军和鬼子的人数。当然，这一切都是通过厨子每一次采购的数量分析、判断出来的。

要不是潘厨子急着回去做饭，两个人还会聊下去。潘厨子对眼前的老乡也是很有好感，就约定下周的这个时候，杨铁汉还来这里磨刀。

回到布衣巷十八号，杨铁汉就把情报写在了一张纸条上，密封在了一颗蜡丸里，看上去就像是一粒药丸。这方法是老葛教给他的，装药用的蜡丸也是老葛送来的。

他是在一天的晚上敲开了小邓家的门。小邓似乎刚从外面回来，头上还带着汗。他没在小邓那里多停留，从兜里掏出蜡丸，递给了小邓：这是老家人用的药。

小邓接过蜡丸，说了句谢谢，也不留他。

他转身走进了夜色中。

完成了组织上交给的任务，杨铁汉长嘘了一口气。关于地下工作，在省委特工科集训时，他已经有所认识了，李科长曾经说：我们现在虽然不是正面抗日，但我们做地下工作，搜集敌人的情报，为组织做事，同样也是杀敌。我们的作用一点也不比正面抗日差。

在布满鬼子和伪军的县城里，杨铁汉走在空旷的街上，心里是充实的，也是满足的。

不知为什么，他转了两个街口，竟走到了振兴街。彩凤的杂货铺就在眼前了，因为是晚上，杂货铺已经上了门板，只有门板的缝隙透过一丝微弱的亮光。他看到那丝亮光，就想到了魏大河。

他立在振兴杂货铺前，心里就多了一股说不清的滋味。大河把彩凤和抗生托付给他后，自己除了上次送过一次钱，就再没有为他们做过什么。想到这里，他心里就愧疚得要死要活。他伸出手，从兜里摸出几个铜板，蹲下身，顺着门缝，把它们塞了进去。

也许是铜板跌落的声音惊动了屋里的彩凤，她隔着门问道：谁呀？

他停住了手，真想说出：我是大河的战友。那样，彩凤就会把门打开。可是，现在还不是时候。他立起身，转身走进了夜色中。

他的身后响起了抗生在梦里的哭闹：我要爸爸，我要爸爸——

接下来，就是彩凤哄劝孩子的声音。

抗生的哭闹让杨铁汉清醒了过来，他知道，抗生再也不会见到自己的父亲了，也许在他未来的日子里，只能通过彩凤的描述，去想象自己的父亲。他心里一阵疼痛，抱住路边的一棵树，眼泪点点滴滴地流下来。他在心里冲魏大河说：大河啊，你放心吧，以后我要把抗生当成自

己的亲生儿子——

杨铁汉渐渐适应了白果树的身份，也适应了这种隐蔽的地下生活，他依旧每天游走在县城里的大街小巷，人们已经慢慢熟悉了这个磨刀匠的喊声，并将这种声音融进了自己的生活。他走在巷子里，会有人出其不意地把门打一条缝，喊一声：磨刀的。他就会接过不再锋利的菜刀，摊开磨刀的家伙什，尽心尽力地去磨。这样的日子熟悉了，他的心里就又放不下彩凤和抗生了。

每一天，总有几次他会不知不觉地就走到了振兴街，远远地，就看见了振兴杂货铺。在大白天的时间里，杂货铺的门板已经卸下来了，不时有一些提着瓶瓶罐罐的人们走进杂货铺。

杨铁汉一看见振兴杂货铺，心里就"别别"地乱跳几次。他想走过去，去看一眼彩凤和抗生。他不知道他们是否还能认出自己，毕竟他和彩凤只是匆匆地见过一面。

他缓缓地停下脚步，他不是不想走过去，而是地下工作者的纪律让他举步维艰。他怕被人认出来，毕竟，多一个认识他的人，就会多一分危险。犹豫着，他又忍不住往振兴杂货铺走去。距离杂货铺还有段距离，他再一次停了脚。他希望站在这里，哪怕能够听到彩凤招呼客人的声音，或者是见到抗生小小的背影，他的心里也是踏实的。

这天，当他又出现在振兴杂货铺前，彩凤突然从里面走了出来，冲他喊了一声：磨刀的——

刚开始，杨铁汉似乎忘记了自己的身份，呆呆地望着她。直到彩凤向前走了两步，又喊了一声：磨刀的，叫你呢。

他这才清醒过来，应一声，走了过去。不管他能不能或者想不想见彩凤，他都没有地方躲了。他只能走过去，把磨刀的家伙什放在杂货铺门口。彩凤把刀放在了他的面前，已经转身要走了，他忽然有些失落地叹了口气。他的这口气还没有叹完，彩凤又转回身来，望了他一眼，又望了他一眼。

他看到彩凤的目光，把他浑身上下打量了一番。那一刻，他的心里杂七杂八地跳着，张着嘴，想说什么，却说不出来。一时间，脑子里混沌一片。

彩凤看清他之后，就呆立在那里，嘴张着，一副吃惊的样子。

杨铁汉知道，彩凤已经明白无误地认出他来了。在这之前，他也曾想过万一和彩凤碰面后，他必须要把自己深深地掩藏起来。只有自己安全了，组织才能安全。这是李科长反复强调过的。

彩凤终于说话了，她说话前，左右看了看，确信四周无人，才说：你是杨铁汉，大河的战友，你怎么干上这个了？

这时候，他已经把心沉了下来，他看了一眼彩凤，压低声音说：我现在只是个磨刀匠，过去的事就不提了。

说完，他接过彩凤手里的刀，卖力地磨了起来。他用眼睛的余光看到彩凤的表情有几分失望，在看了他几眼后，什么也没说，转身走进了杂货铺。他还听见杂货铺里的抗生在问：妈，你跟谁说话呢？

没啥，一个磨刀的。

不一会儿，抗生从杂货铺里跑出来，嘴里含了块糖，小心地吮着。

他冲抗生笑了笑，抗生戒备地望着他，不往前走，也不往后退，就那么打量着他。

很快，刀就磨好了。彩凤不失时机地从屋里走出来。她出来时，手里还端了碗热水。她立在他的面前，把水递了过去：喝口水吧。

他接过水，认真地看了她一眼，他感受到了她眼睛里藏着的一丝警惕。

他喝了一口水，发现水里放了糖，心里有几分感动：彩凤，你们还好吧？

彩凤低下头，小声地说：我们娘儿俩挺好。

他很快就喝光了碗里的水，把碗递过去时，彩凤却没有接，她抬起头，轻声问了一句：大河他还好吧？

他的手一抖，差点把碗掉到地上，他干咳了一声：好，大河他好。

她瞟了他一眼后，有些委屈地说：大河很久都没有消息了。

他不敢去看她，赶紧说：他好，你们放心吧。

这时候，街上的一个邻居过来买东西，那女人喊一声：彩凤妹子，我买盒洋火。

彩凤看他着他应了一声，转身走进了杂货铺。

他没有理由在这里再待下去了，背起磨刀的家伙，快步离开了。这时候，有人打开门，冲着他的背影喊着：哎，磨刀的，磨刀的——

他头都没有回，径直向前走去。当然，他的确也没有听见什么。那一刻，他心里既矛盾又困惑，甚至还有一点委屈。他知道，此时的自己已经不是县大队的人了，他只是个磨刀匠，他还有个代号叫白果树，这些彩凤都不会知道，他也不会去说。但他分明已从彩凤的眼里看到，自己只是一个贪生怕死的逃兵。

回到布衣巷十八号，他就倒在了床上，眼前不停地晃动着彩凤投向他的目光。想起彩凤戒备的目光，他的心里就有种说不出的难受。

在这期间，老葛又让他传递了几次情报。情报有时是放在一副中药里，有时干脆就放在糕点盒子里。当初，老葛把这些东西交给他时，也并不多说什么，只是轻描淡写地说：这是老家需要的东西。

他接过来，从不多说一句话，然后穿过几条街，看看左右没人跟随，一闪身，就敲开了小邓的门。

抗日已经到了最关键的时候，八路军的声势一天比一天大。前几天，城外的两个炮楼又被八路军给端掉了，从城外撤回来的鬼子和伪军一个个哭爹喊娘，士气低落得很。

不久，鬼子又发动了一次扫荡，据说鬼子的扫荡是秘密进行的，想一举端掉八路军县大队的指挥部。不幸的是，鬼子的行动计划被八路军秘密获取，不仅没有端掉八路军的县大队，却遭到了一次伏击，使鬼子受到了重创。

一天，杨铁汉又背着磨刀的家伙什走在大街上，突然就看到许多人朝一个方向涌去。他不知道发生了什么，也随着人流跟过去。在城门口的木桩上，他看见上面五花大绑地绑着两个男人，身上被打得遍体鳞伤，似乎已经昏了过去。几个鬼子和伪军端着枪站在那里。

杨铁汉看着那两个人，就想到了自己的同志。也只有自己的同志，才能让敌人下此毒手。

果然，这是鬼子行刑前的阵势。一个日本军官拄着指挥刀，嘴里叽里哇啦地说了一气儿后，旁边的翻译官赶紧点头哈腰地翻译起来：这两个人是八路军的地下党，被皇军抓住了，现在要斩首示众。

翻译官看看围了一群的老百姓，继续翻译道：皇军要你们做大大的良民，不要和皇军做对抗，否则，就是他们的下场。

翻译官刚说完，鬼子手里的枪就响了，那两个人身子只动了一下，头就垂得更低了。

鬼子杀了人还不算，还把人头割了下来，高高地挂在了城门楼上，并贴出了布告。

杨铁汉感受到了浓烈的血腥之气，直到这时，他才意识到，做地下工作并不比在县大队与敌人正面交锋要安全多少。也正是血腥的场面和恐怖的氛围，让他的精神变得高度紧张起来。

那些日子里，他几次仰望着城门楼上那两个同志的首级，虽然，他并不认识他们，但他们无疑是自己的同志。他替他们感到哀伤，同时也感受到肩上的这份责任。

当他又一次出现在振兴杂货铺门前时，彩凤正领着抗生添置了货物往回走，担子沉甸甸地挑在她的肩上。抗生不小心跌倒了，彩凤下意识地去扶，肩上的担子就落了下来，货物散落了一地。

杨铁汉奔过去，不由分说去捡那些散在地上的货物。

彩凤看了他一眼，没说什么，蹲下身，哄着哭泣的抗生。

他把货物全部捡起，直接送到了杂货铺，又默默地把它们一一摆上

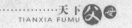

货架。彩凤拉着抗生进了里屋。就在他转身离开时，彩凤走了出来，静静地看着他，他也望着彩凤。

你真的不知道大河的消息？他都几个月没有消息了。她终于忍不住，又一次向他打听起丈夫的消息。

他望着她，摇了摇头。

前几天，有两个抗日的战士刚被鬼子杀了。

他点点头：我知道。

她的嘴角牵动着，半晌，又一脸疑惑地问：你真的是在磨刀？

他看着她，一瞬间，似乎有许多的话要对她说，可话到嘴边了，他又咽了回去。责任和组织的纪律让他清醒过来，他低下头去：人各有志，我不是大河。

她眼里的神采一点点地暗淡了下来。他分明听见彩凤叹了口气，还听见她低声地说：你毕竟和大河做过战友，以后有啥需要的，尽管来拿。

听了她的话，他有了一种要哭的感觉，显然，她误解了他。在她的眼里，他就是个逃兵，是个贪生怕死的逃兵。

他站在她的面前，一阵脸红心跳，他甚至不敢抬眼再去看她。

他推开门要走，走了一步，又转回身说：以后有啥困难就喊我，我每天都会从这里走几趟。

她没有说话，目光虚虚实实地望着他。

当他把磨刀的家伙什扛在肩上，他在心里坚定地告诉自己：你就是个磨刀匠哩。

他咧了咧嘴，脸上挤出一丝苦笑，吆喝了起来：磨剪子嘞，戗菜刀——

他悠长地喊着，声音回荡在大街小巷，也回荡在振兴杂货铺门前。

# 第一个

杨铁汉似乎已经习惯了地下交通员的工作和生活，唯独让他难过的是，彩凤对他的不理解——在彩凤眼里，他根本就是个逃兵。彩凤对他的态度是冷漠的，他甚至在彩凤的眼里看到了不齿，每次经过振兴杂货铺时，他都能感受到彩凤目光的存在。他回了一次头，又回了一次头，却并没有发现彩凤，仿佛那两扇门就是彩凤的眼睛，冷冷地注视着他，让他感到后背发凉。有几次，他走进杂货铺时，真想说出自己真实的身份，但很快，他就把这种冲动压了下去。他想，彩凤早晚会理解他的。

他甚至希望地下工作也能像在战场上一样，轰轰烈烈地来一次冲锋，做一回真正的英雄。可他却一直没有等到这样的机会，却被另外一种麻烦的工作代替了。

一天傍晚，老葛亲自来到了布衣巷十八号。老葛不是一个人来的，他怀里还莫名其妙地抱着一个孩子。那孩子有两三岁的样子，睁着一双乌黑的眼睛，不哭也不闹地望着他，也望着老葛。刚开始，他以为这孩子是老葛的，老葛是为了掩护身份才抱着孩子出来的。

他看到老葛和孩子，甚至还冲老葛开玩笑道：你这孩子也够小的。

老葛没说什么，从怀里掏出一张纸条，递给他。

他接过纸条，上面只写着一行字：八路军独立团张辉光。

他不知道这张纸条是什么意思，定定地看着老葛。

这是烈士的遗孤，从前线送到了交通站。等时机成熟了，组织会把孩子转移走的。

老葛说完，把孩子递到了他的怀里。

他怔在那里，不知如何去接。老葛就说：你倒是接过去呀！

他还是犹豫了一下，伸出手去，笨拙地把孩子接到怀里，就像从老葛手里接过了一份文件。

什么时候来人接孩子，我会随时通知你。这孩子你就先带几天。

老葛说完，从怀里掏出一些钱，放到桌上：这是经费，你收好，不够可以找我去拿。

他抱着孩子，一直看着老葛消失在门口。

忽然，怀里的孩子冲他叫了一声：爸爸——

他去看孩子时，他的心就动了动。

老葛走了。他把孩子放到了床上，孩子似乎经过风雨，也见过一些世面，对自己眼下的处境已是见惯不怪了，睁着一双眼睛打量着他。

孩子，你叫啥？他小心地问着。

孩子不答，或者是不知道自己叫什么，只一脸新奇地看着他。

他又重复问了一遍，并努力让自己的声音显得亲切一些。说着，还伸出手，在孩子的小脸上碰了一下。

孩子看着他，清晰地吐出两个字：宝宝。

宝宝？他下意识地重复着。

孩子这时又说了一句：军军。

他似乎就明白了，看来这孩子一路上已经辗转了不知多久了，可能每一次驻足某地，都会有一个新的名字。他弯下身子，冲孩子说：你叫宝宝，也叫军军，对不对？

孩子咬着小手说：我还叫小小。

他的猜测在得到证实后，心里忽然不是个滋味，眼前的孩子实在是太不幸了。因为父母的牺牲，小小年纪就成了遗孤，被组织辗转从这儿转到那儿。在他这里，孩子也不过是短暂的停留，不知还会被转几次手，才能送到延安。对于这孩子未来的命运，他不敢去想，也不可能想象得到。

他看到孩子的小脸灰灰的，一双小脚也沾满了污渍，他决定先给孩子洗个澡。

烧好一锅水，他把孩子抱到一只木桶里，仔仔细细地洗了，又把他放到床上，盖上了被子。看着孩子换下来的脏衣服，想了想，又把衣服放到木桶里，洗了。当他忙完这些时，孩子已经睡着了。

他坐在床边，望着孩子，却一点睡意也没有。拿出老葛交给他的纸条，看看上面的几个字，再看看醋睡的孩子，他感慨万千。独立团他是知道的，在县大队时他就知道。他们县大队是地方武装，独立团可是八路军的正规部队，大家都习惯地称八路军的正规军为老大哥部队。县大队的许多枪支弹药都是独立团支援给他们的。在县大队的时候，一提起独立团，心里就觉得温暖和踏实。独立团是冀中八路军唯一的正规部队，打了许多大仗，也打了许多胜仗。独立团的名字让日本人感到头疼，却让百姓们扬眉吐气。

看着纸条上"张辉光"三个字，他不由得皱紧了眉头，孩子的父亲已经牺牲了，只留下了这个孩子，他不知道孩子会在这里待多久，才能被转移出去。但一想到孩子的父亲，心里就多了由衷的敬意，让他有了一种冲动。当他再去看那孩子时，他在心里默默地说：孩子，你爹妈为抗日牺牲了，你就是抗日的种子，我一定会照顾好你，把你安全送到延安。

当他挨着孩子也躺下去时，孩子单薄而温暖的小身子，竟让他有了一种异样的感觉，他还从来没有这么亲近地接触过孩子。

第二天，杨铁汉带着孩子，背着磨刀的家伙什又开始了走街串巷。

磨剪子嘞，戗菜刀——

他的喊声悠扬洪亮，孩子听着新鲜，张开嘴也跟着喊了起来。

他惊奇地看着孩子。孩子也许是经历过太多，显得很成熟和一副见多识广的样子。

他停下来磨刀时，孩子就在一边玩耍，有人就问：这孩子是你的呀？

他看一眼那人，笑一笑，并不多说什么。

那人又说：这小子挺机灵的，叫什么？

叫军军。

孩子正在地上看蚂蚁搬家。

他喜欢"军军"这个名字，叫起这个名字时，他就会想到县大队还有独立团。

磨好刀，他就背上磨刀的家伙什，喊了声：军军，咱们走了。

军军就站起身，喊了声：爸，蚂蚁还打架呢？

军军也许是无意，也许是叫顺嘴了，但在他听来，这一声称呼让他感到陌生的同时，也感到兴奋。他怔怔地望着军军，半天才反应过来：军军，你叫我啥？

军军看着他，不说话，只是一味地用黑黑的眼睛看着他。

他转身往前走时，又喊了声：军军，咱们走了。

他这回的声音温和了许多。

军军又在他后面叫了声：爸——

他没再说什么，伸出手，把军军的手抓在自己的大手里。他感到军军的手是那么的小，那么的柔软，心底里顿时升腾起一分爱怜。

磨剪子嘞，戗菜刀——

他放开嗓子喊了起来。

军军也用稚嫩的声音喊着：磨剪子嘞，戗菜刀——

军军喊完，就抬起头去看他。

他用微笑鼓励着军军，军军于是再接再厉地喊下去。

从此，大街小巷里，一粗一细、一高一低的喊声，像一支动听的歌谣，错落有致地响了起来。

杨铁汉拉着军军的手，出现在振兴杂货铺门前时，彩凤正好出来泼水。一盆水被倒在门前的街上，水滋润着泥土发出"滋滋"的声音。

彩凤一抬头，就看见了杨铁汉和军军，她怔了怔，目光从军军的脸上移到他的脸上：这是你的孩子？

他不置可否地笑了一下。

军军冲彩凤喊道：磨剪子嘞，戗菜刀——

军军的喊声把彩凤给逗笑了。

抗生从屋里出来，注意力一下子就被眼前的军军吸引了。

抗生走过来，盯着军军问：你叫啥？

军军望一眼杨铁汉，清楚地回答：俺爸叫俺军军。

抗生就说：军军，咱俩玩会儿吧？

军军扭过头，看着杨铁汉说：俺还和俺爸去磨刀呢。

抗生从背后拿出一根棒棒糖，冲军军说：你跟我玩儿，我就给你糖吃。

军军犹豫了一下，显然，他被眼前这根棒棒糖吸引了。他吮着口水，一张小脸涨得通红，眼睛紧紧地盯着棒棒糖：这糖是甜的吗？

抗生不失时机地说：你跟我玩儿，我就让你尝一口。

这时候，彩凤从店里拿出一根棒棒糖，递给军军。

军军不接，把一双小手背在身后，却用目光望着杨铁汉。

杨铁汉从彩凤手里接过糖，递给了军军。军军迫不及待地舔了一口糖，只皱了一下小眉头，就激动地喊了起来：爸，甜，真甜！

杨铁汉看到孩子的表情，心里就有些难过。他站起身，走进杂货铺，彩凤也跟着他走了进去。

他掏出几枚铜板，冲彩凤说：给孩子买点儿吃的。

彩凤一边往外拿着东西，一边问：孩子他妈呢？

杨铁汉低下头，没有回答彩凤的问话。他的确不知道该如何回答。

彩凤也不再问了。

杨铁汉把彩凤拿出来的小吃，小心地装在自己的衣兜里。

就在他走出杂货铺时，彩凤叹了口气，道：你也怪不容易的。

他回过头，冲彩凤笑了笑。

院外，军军和抗生已经玩成一团了。

他蹲下身，专注地看着两个孩子。这时候，彩凤也出现在他的身后，看着两个兴致勃勃的孩子。

　　彩凤在他身后轻声说：以后你出门，带孩子不方便，就把他放到这儿来吧。抗生一个孩子，连个伙伴也没有。

　　他转过身子，冲彩凤点点头。这时，他发现彩凤望着他的目光已经比以前柔和了许多。


　　杨铁汉终于带着军军一同去城外执行了一次任务。这次的任务有些特别，老葛交给他一味已经包装好的中药，让他送到城外大柳庄路口的第一户人家。从城里到城外的大柳庄足有十几里路，他领受这项任务后就有些为难，为难的并不是完不成任务，而是发愁没有办法照顾军军了。

　　老葛似乎看出了他的为难，便说：你就带着孩子吧，对你的身份也是个掩护。

　　于是，他扛着磨刀的家什，带着军军出发了。从出城到完成任务，一路都很顺利，可就在回来的路上，天下起了雨。他肩上扛着磨刀的家什，怀里抱着军军，走了一路，雨下了一路。

　　当天晚上，军军就发烧了。发烧让军军小脸通红，呼吸急促，军军一直在昏睡着。杨铁汉第一次见军军生病，他搓着手，一副不知如何是好的样子。他唯一能做的就是伸出手，一遍遍地去摸军军的额头。额头很烫，让他实实在在感受到了军军传递给他的热度。他想到了去药房买药，在城里他只认识老葛那家药房，但老葛有过交代，没有紧急情况，让他不要轻易去药房。

　　他不停地喊着军军的名字，军军却一直昏睡不醒，这时他就想到了彩凤。他披上衣服，急三火四地向振兴杂货铺奔去。

　　夜已经深了，杂货铺早就打烊了。他在门口犹豫了半晌，还是敲响了大门。刚开始，里面并没有动静，半晌，里面传出彩凤的声音：谁呀？

　　他扒住门板的缝隙，轻声地说：彩凤，我是铁汉。

又过了一会儿，门"吱呀"一声，开了。

彩凤把身子从门缝里挤出来，惊讶地看着他：这么晚了，有事儿？

军军发烧了，一直在睡，我想买点儿糖，让他喝口糖水。

彩凤的表情就有些急：孩子病了，喝糖水有什么用？

他有些委屈地说：军军爱吃糖，我想让他快点儿醒过来。

彩凤叹了口气：你把孩子抱过来吧，我这里有药，可别把孩子烧坏了。

无路可走的杨铁汉一头又扎进黑暗里，心里只有一个念头，千万不能让军军有个啥好歹。军军是烈士的孩子，以后还要被送到延安去，如果军军在他手里有个三长两短，他如何去向组织交代？

当他把军军抱到彩凤面前时，彩凤已经烧好了开水，她摸了摸军军的头：孩子是受凉了。

接着，取出一包粉末倒在碗里，冲了些热水，一点点地喂军军喝了下去。

吃了药的军军，没多久呼吸就变得平稳了，但仍在昏睡着。

彩凤看一眼昏睡的军军：这孩子一定是被激着了。

他搓着手，点点头：军军是下午被雨淋着了。

他说话的表情很是自责。

你这个当爹的也太粗心了，怎么能让孩子淋着雨呢？这么大的孩子，最容易发烧了。

当彩凤说这话时，他的头更深地低了下去，脸也有些红。在彩凤的眼里，军军无疑就是他的孩子。他不想辩白什么，也无法辩白，他站起身，感激地看了眼彩凤，说：谢谢了。

说完，伸手去抱躺在床上的军军。彩凤一把推开他的手：别折腾了，让孩子就在这儿睡吧。明天早晨起来，我再喂他吃一次药。

他没说什么，转身挤出杂货铺的大门。

那天晚上，他回到布衣巷十八号之后，一夜也没有睡踏实，想的最

多的就是他的战友魏大河。大河牺牲时连眼睛都没有闭上，是他让大河闭上了眼。他对大河许下的承诺又一次在耳边响起——大河，你放心，你的亲人就是我的亲人，有我一口干的，就决不让他们喝稀的。

这是他作为一个男人的承诺，可现在，他又为彩凤母子做了什么？他发现自己的脸在发烧，他恨不能揪着头发，扇自己两个耳光。后来，他迷糊着睡去了，似乎做了个梦，梦见大河就站在他的面前，一声声地质问他：兄弟，我托付给你的事，办好了吗？他无言以对，呜呜地哭着，一边哭一边说：兄弟，我对不住你。

后来，他就醒了，天也已经亮了。这时，他就想到了军军，便急三火四地走进了振兴杂货铺。

彩凤看见他没说什么，只看了他一眼，他小声地问：军军咋样了？

彩凤冲里屋摆了摆头，他走进去，见军军已经醒了，正在和抗生玩儿呢。退了烧的军军还显得很弱，他把手伸向军军的额头试了试，这才放下心来。军军懂事地看着他说：爸，我吃药了，也喝糖水了。

悬着的心总算放下来了，杨铁汉站在彩凤面前，一时不知说什么好，半晌才嗫嚅着：彩凤，谢谢你啊。

彩凤头也没抬地指责起来：你们这些男人呀，就不该带孩子。孩子就是没啥，也会让你们带出毛病来。

他不好意思地说：真是麻烦你了，我这就带军军走。

说完，就要去里屋抱军军。

回来。彩凤喊道。

孩子的烧刚退，你这是要把他往哪儿带呀？弄不好又得烧起来，你没见他和抗生正玩得好好的。

他不知如何是好地立在那里。

彩凤一边忙着手里的活，一边说：这里不用你管了，军军有我呢。

他站在那儿呆立了一会儿，还是走了。

他走在街上，脑子里却一直在想着彩凤和魏大河。他知道，自己要想为彩凤和抗生做点什么，他就要说实话，把大河牺牲的消息告诉彩凤。想到昨晚的梦境，忧伤和歉疚就一股脑地冒了出来。

那一天，他迷迷糊糊，不知自己是如何过来的，满脑子里都是大河的身影。那个空弹壳还在他的身上，没人的时候，他会拿出那枚空弹壳，取出里面的纸条，那是大河留给他的。上面除了写着家庭住址和彩凤母子的名字，还写着一句话：李彩凤和魏抗生是魏大河的亲人，也是杨铁汉的亲人。最底下一行，写着魏大河的名字。

他看着手里的纸条，心里的什么地方就疼了一下，又疼了一下。犹豫再三，他终于决定把真实情况告诉彩凤，也只有这样，他的心才会踏实下来。

太阳西下的时候，他又回到了振兴杂货铺，见抗生和军军正在门前的空地上玩着，彩凤也正在上着店铺的门板。

他放下肩上的东西，走过去，帮彩凤去上门板。彩凤没去看他，等门板上完了，彩凤才说一句：军军的病好了，下次可得小心，别让孩子着凉了。

说完，彩凤扭身走进了屋里，他也跟着走了进去。彩凤回过头，看着他问：你有事？

他停下脚，盯着彩凤说：我想跟你说个事。

彩凤拉出一个凳子，放在他面前：那你说吧。

他没有坐，紧紧地攥着自己的两只手，可就在他要张开嘴说出实情时，他的眼前立刻闪现出李科长的身影，李科长的声音也在耳边响起：你们是地下工作者，隐藏好自己就是最好的保护组织。他把到了嘴边的话又咽了回去，半晌，他慈慈地说：没啥，就是想跟你说谢谢，这话我早就想说了。

晚上，他和彩凤吃饭时没再多说上一句话，军军和抗生两个人倒是边吃边玩，有着说不完的话。

吃完饭，他站起身，牵过军军的手，冲彩凤说：我该回去了，以后

店里有啥重活，就留着我来干。

说完，他拉着军军向门口走去。抗生突然"哇"的一声哭了起来，他抱住彩凤的腿，抬起一张泪脸喊着：妈，我不让军军走。

军军也站在那里，望一眼抗生，又望一眼杨铁汉。

他看着两个孩子，也一时无计可施。

彩凤抹了把脸上的泪，冲军军说：军军，别走了，陪抗生玩吧。

军军懂事地点点头，又看了一眼杨铁汉。

彩凤，那就让你受累了。

彩凤哽着声音说：这有啥，就是多把米、多碗水的事。

见彩凤这么说，他也不好说什么了，弯下身子，冲军军交代了几句，就走了。

## 两个遗孤

从此以后，杨铁汉经常把军军寄放在彩凤那里，这给他执行任务提供了便利。在这期间，他向老葛打听过，询问什么时候把孩子送走。老葛每次都回答：别急，再等等，还没有接到上级的通知。

老葛这么说了，他也只能耐心等待了。

完成传送情报的任务后，有时他会把军军从彩凤那里接回来，每次去接军军，彩凤都会说：你要是放心，就把孩子放这里吧。

他不说什么，还是领着军军离开了杂货铺。他不是不放心彩凤，而是不忍心再给彩凤添麻烦。他向魏大河承诺过，要照顾好彩凤和抗生，可现在他还没有兑现自己的诺言，却又要给彩凤带来麻烦。他心里不忍，也不能那么做。

慢慢地，他似乎适应了有军军的生活。晚上，他和军军躺在床上，军军抱着他的一只胳膊，把脸贴在上面，香甜地睡着。看着军军脸上细细的茸毛，感受着温暖、柔软的小身子，他的心里漾起一丝丝的甜蜜，他伸出手，爱抚着军军的小脸，仿佛军军就是他的孩子。

有时，他也会忍不住去问军军：你记得自己是从哪里来吗？

军军忽闪着一双又黑又亮的眼睛回答：很远很远的地方。

他又问：那你记得你爸和你妈的名字吗？

军军为难地挠挠头，想了想，还是说不上来。

他叹了口气，虽然他不知道军军父母的详细情况，但从军军支离破碎的记忆中判断，军军应该是在很小的时候，父母就牺牲了。军军是吃百家饭长大的。想到这儿，他心里就多了一分爱怜，伸手把军军揽在了怀里。

在这段时间，他尽心尽力地照顾着军军的生活，军军也是个懂事、乖巧的孩子，对他也充满了感激，总是小鸟一样在他耳边亲热地说：爸，你真好！

看着面前花花绿绿的小零食，军军一时不知如是好，激动得小脸通红：爸，你说我先吃哪一个好？

他一脸慈爱地看着军军，点点头说：吃吧，吃完爸再给你买。

他顺嘴把自己称作"爸"时，一时间就觉得自己肩上的担子很重很重。

时间久了，军军对他也有了深深的依恋。刚来时，军军的眼神总是犹豫不定，充满了不安。现在的军军已经完全适应了这个新的爸爸。

那一次，军军突然地说：爸，以后你别让我走了，这里真好！有抗生和彩凤婶儿，我喜欢这里。

他听了，倒吸了一口凉气，他没想到军军能说出这样的话。他呆呆地看了军军好久，一把搂过军军，眼泪一下子流了下来。他可以想象得到，军军以前的经历将是怎样的情形，从这里转移到那里，待上十天半月，又被转移走了。小小年纪，就尝遍了战争孤儿所有的苦难。

有时候，他望着熟睡的军军，想到还要把这个孩子送走，心里就有些不舍。尽管军军初来时，他觉得很不适应，甚至把军军当成了累赘，

可现在，军军早已经成为他生活的一部分。一旦把军军送走，他会舍不得的。但军军毕竟只是他生活中的过客，说不定哪一天，老葛就会通知把军军送走。

以后，他每天都在忐忑中等待着老葛的通知，时间也就在等待中一天天地熬着。终于，老葛又一次通知他，去城南接两个孩子。老葛明白无误地告诉他，这次是两个孩子，一个女孩，一个男孩，都是烈士的遗孤。

那天傍晚，他出发前把军军又一次送到了彩凤的杂货铺。彩凤当然也又一次热情地接纳了军军。

杨铁汉孤身一个走出了城南门。老葛交代，顺着城南门的一条土路往前走，那里有两棵老树。树下就是他和城外同志的接头地点。

他站在那两棵老树下，望着西沉的太阳，心里有些焦躁，他不知道城外的同志什么时候能把那两个孩子送来。如果时间晚了，鬼子关了城门，那他就得和孩子在城外待上一夜了。

他正想着时，一个中年男子，赶着一群羊向他这里走来。走到近前，中年男人立住了，低沉着声音问：老家要买白果下药，你这里可有？

对方已经说出了接头暗号，他马上答：我有，要多少？

赶羊的男子笑了笑，一闪身，他的身后就走出了两个孩子，果然是一男一女。两个孩子年龄相仿，都是七八岁的样子。事后他才知道这是一对龙凤胎。男孩子牵着女孩的手，怔怔地望着他。

他走上前两步，揽过两个孩子，冲赶羊的汉子说：同志，你的任务完成了，我们也该进城了，晚了，城门就关了。

赶羊的汉子说了句：你多保重。

说完，用鞭子在空中甩了一个响，羊群在头羊的引领下，沿着土路往回走。

杨铁汉一手拉着一个孩子，向城里走去。两个孩子不住地回头，看着赶羊的汉子，汉子也回了一次头，冲他们笑了笑。

一直回到布衣巷十八号，他才开始打量眼前的两个孩子。女孩胆子似乎大一些，她仔细地看了看杨铁汉，又去看军军。军军也正在新奇地盯着新来的两个孩子。

他蹲下身子问：你们都叫个啥？

盼妮。女孩抢先说。

男孩刚要说，女孩就又抢着说：他是俺弟弟，叫盼春，我们是双胞胎。

直到这时，他才发现这两个孩子眉眼有许多相似的地方。看来，他们的确是一对姐弟。

两个孩子的神情很快就放松了下来，他们东看看、西瞅瞅，盼妮简单地打量了屋子，就大人似的问：叔叔，你什么时候再把俺们送走？

也许再过几天吧。

他的确也说不清什么时候把他们送走，他要等老葛的通知。

在这两个孩子进城的第三天，他接到了老葛的通知，让他在傍晚时分，把三个孩子送到城外去。天下没有不散的宴席，这一天终于来了，以前他也曾想过这一天，可这一天真的来了，他还真有些舍不得。

他把军军抱在了怀里。军军是个敏感的孩子，已经意识到自己就要离开了，呜咽着说：爸，你要送我走吗？

他听了军军的话，眼泪终于忍不住流了下来。他又何尝舍得送走军军呢？但这毕竟是组织的安排，他没有权力不让军军走。

他用力地抱了一下军军，哽着声音说：军军，爸会想你的。

最后，他还是硬下心肠，带着三个孩子出门了。他在孩子们出门前是作了一些准备的，烙了饼，还煮了鸡蛋。从这里到延安路途遥远，这期间几个孩子还不知道要被转移几次，他要把孩子和这些吃的一同交给接应的同志。

出门后，军军毕竟在这里待得久了，一边走一边不停地回头：爸，

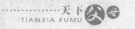
抗生会想我的，我还没有跟他告别呢。

爸会去跟抗生说，你放心。

他一边安慰着军军，一边又叮嘱着三个孩子：出城门卡子时你们咋说啊？

盼妮和盼春胸有成竹地说：俺们就说，你是俺爸，带我们出城去看爷爷。

他听了盼妮的回答很满意，伸出手，在两姐弟的头上拍了两下。

他带着三个孩子很顺利地出了城门，再有五里路，前面就是夏家庄，那里会有人接走三个孩子。

他们很快就到了村外的一棵柳树下。时间一分一秒地过去了，仍不见有人来。约定的时间是日头偏西，可眼前的太阳已经沉到山后去了，却仍不见人影。

杨铁汉就有了几分焦虑，他不停地向远方张望着，几个孩子也显得有些着急，盼春自言自语着：接俺们的人会不会不来了？

他努力安慰着几个小家伙：不会的。

他嘴上是这么说的，心里却是一点底也没有。自从开始地下工作以来，他的心里就多了几分警觉。这不是地上工作，什么事情都摆在明面上，地下工作无时无刻不隐藏着看不见的凶险。他忽然意识到了什么：孩子，咱们走。

盼妮和盼春听了他的话，赶紧抓住他的手站了起来。军军不明白发生了什么，雀跃着喊：爸，咱们回家吗？是不是不让我们走了？

他没有说话。盼春瞪了军军一眼：你知道什么，咱们这是转移。

他带着孩子疾步离开了村口，走进了一片高粱地里，这才松了一口气。为了稳定孩子们的情绪，他把带来的饼分给了几个孩子。

天这时已经黑了，孩子们吃完饼，就东倒西歪地睡了。看三个孩子完全睡熟了，他又悄悄地去了一趟约定的地点。他趴在一丛蒿草后面，静静地观察着，依然是人影全无。

当太阳又一次升起的时候，他把三个孩子又带回了城里。后来，还是从老葛的嘴里得知，接送孩子的交通员在路过敌人的封锁时，牺牲了。至于何时再送走孩子，还要等候通知。

看来，三个孩子还要在他这里待上一段时间。

# 风声

鬼子在城外扫荡的计划，被事先得到情报的八路军粉碎了。鬼子和八路军打了几场遭遇战，却接连吃亏，回到城里的鬼子就开始了反思。反思的结果是出了内奸，鬼子就开始了一轮内查，一时间，风声很紧。几日后，伪军的一个姓李的大队长说是有通八路的嫌疑，被拉到城门外，毙了。姓李的大队长被毙前还穿着伪军的制服，被五花大绑地带到了城门外。昔日不可一世的大队长，早已成了草鸡，哆嗦着身子，一遍遍地喊：太君，我冤枉啊——

他嘶哑地喊着，还是被鬼子的子弹击穿了脑壳。

杨铁汉看到这一幕时，正带着磨刀的家什，带着三个孩子站在人群里。孩子们一脸镇定地看着，盼春抬头望一眼杨铁汉，轻声地问：叔叔，那人真的是共产党？

杨铁汉马上伸手捂住了盼春的嘴，又用严厉的目光盯了眼盼妮和军军，两个孩子就把到了嘴边的话，又咽了回去。

他拉着三个孩子挤出人群，到了没人的地方，才表情威严地说：记住了，以后再也不要当着别人的面说这样的话。

盼妮率先点点头。盼春看着杨铁汉的表情，意识到了问题的严重性，委屈得想哭。

杨铁汉瞥了盼春一眼，继续板着脸说：你们还要记住，在外人面前你们要管我叫爸。

这一次，三个孩子一起用力点着头。

　　这件事情没过多久，日本人和伪军在夜里搞了一次大清查，他们挨家挨户登记搜查，见到可疑的人就抓。

　　杨铁汉家的门被敲响时，三个孩子已经躺在床上睡着了。他只能硬着头皮打开了门，门刚一开，日本人的刺刀就明晃晃地戳到了他的面前。那一瞬，他下意识地用手往腰里摸，却是空空荡荡。这时，他才反应过来。

　　一个伪军走过来，推了他一把，把他抵到了墙角，吆喝着：家里都有什么人，登记了吗？

　　老总，俺家没啥人，除了我，还有三个孩子。

　　伪军又狠狠地搡了他一把。在伪军和鬼子刺刀的逼迫下，他只好带他们去了里屋。

　　三个孩子已经醒了，抱在一起，缩成了一团。

　　伪军和鬼子的手电筒在屋子里乱晃一气，没发现什么，就把光线聚在三个孩子的身上。一个伪军蹿过去，一把就扯掉了围在孩子身上的被子。

　　军军吓得大哭起来，一边哭，一边喊：爸，爸——

　　杨铁汉赶紧走过去抱住了军军，一边赔着笑说：老总，有啥话冲我说，别吓着孩子。

　　一个鬼子叽里哇啦了几句，旁边的伪军就喝道：太君问你是干什么的？

　　我是磨刀的。说完，用手指了指墙角堆放着的磨刀用的家什。

　　几只手电在他的脸上晃了晃，又在几个孩子的身上晃了几下，一个伪军就发现了问题，他凑到杨铁汉的面前看了看，奇怪地叨咕着：咦，看你也不大，咋这么多孩子？说着，又用手电照了照床上的盼妮和盼春：这两个孩子也有六七岁吧，你啥时候结的婚，生的娃？

　　杨铁汉不好意思地搓着手说：俺都成亲八年了。

　　你女人呢？伪军不甘心地问。

回乡下奔丧去了。

伪军似乎还是将信将疑，绕着杨铁汉转了两圈后，就又凑到了床前：你们管他叫啥？

军军最先回答：叫爸。

盼妮和盼春也一起说：他是俺爸。

杨铁汉这时才算松了一口气。伪军转回身，推了一把杨铁汉说：你说你女人奔丧去了，我记住了。过几天我再来查，要是你女人还不在，我就定你个通共罪。

鬼子和伪军吵吵嚷嚷地走了。

那天晚上，杨铁汉一夜也没有睡好，三个孩子也没睡好。

盼妮毕竟大一些，她冲杨铁汉说：爸，他们还会来吗？你啥时候把我们送走啊？

杨铁汉起身给三个孩子掖了掖被角，安慰道：别怕，有我呢。

他话是这么说，心里却一点底也没有。鬼子和伪军还来不来，他不知道；何时把三个孩子送走，他也不知道。但他清楚，孩子们在这里多停留一天，就会多一分危险。

老葛是他的上线，也是他的上级，眼前这些棘手的事情，让他又一次想到了老葛。

第二天，他还没去找老葛时，老葛出其不意地找上门来。

他看到老葛，还是吃了一惊。老葛和他约定，没有大事，双方尽可能少接触。此时，老葛突然出现在布衣巷还是第一次。

老葛没来前，他正准备扛着磨刀的家什，带着三个孩子出门。老葛一进屋，三个孩子就乖乖地躲了出去。

老葛见到他，就握住了他的手说：白果树同志，让你受苦了。

听了老葛的话，他鼻子有些发酸，干地下工作，什么困难他都考虑到了，甚至想到了牺牲，但就是没有想到会让他带三个孩子。

老葛说：真难为你了。组织上一直想把三个孩子送走，但是，这中

间我们的同志被捕了，又叛变了，我们的下线也遭到了严重的破坏。现在，我们无法和下线取得联系，三个孩子也就无法送出去。

老葛说到这儿，重重地叹了口气。他望着老葛，在心里也沉重地叹着气。

叹完气的老葛，抬起头，神色凝重地看着他：我们现在的形势看来只能是等待。

他也抬起头来，严肃地对老葛说：老葛同志，带孩子我不怕，我怕的是不安全。

这也正是我最担心的。我想，组织上也一定在积极地想办法，尽快把三个孩子送出去。

说着，老葛从怀里掏出几块银元，放到桌子上：这是组织上给孩子们的生活费，一有消息，我会马上通知你。

老葛说完，一阵风似的消失在门口。

他望着老葛离去的门口，呆呆地愣了一会儿。他原以为老葛会给他带来另外的消息，结果却是这样。看来，他别无选择，只能耐心地等待了。

当他带着三个孩子出现在振兴杂货铺门前时，抗生一下子就看到了军军。他从铺子里跑出来，大呼小叫地喊着军军的名字，军军也笑嘻嘻地迎上去。

杨铁汉每次路过杂货铺的心情都异常复杂，想进去，却又怕进去。以前，他想进去，是想帮助彩凤母子做些什么；现在，他害怕走进杂货铺，是因为身边又多了盼妮和盼春，他不知该如何向彩凤去解释。

抗生跑出来，彩凤也从门里走了出来，她看到眼前的盼妮和盼春就怔了一下。

抗生热情地拉着军军的手，不眨眼地打量着盼妮和盼春。

军军见抗生奇怪的样子，就介绍道：这是我姐盼妮，这是我哥盼春。

军军这几天已经和盼妮、盼春玩得很熟了，他在心里已经把他们当成了自己的姐姐和哥哥。看着他们如此的亲近，让杨铁汉也暂时放下心来。军军哥哥姐姐地叫，在外人眼里，他们真的就像一家人似的。

彩凤望了眼盼妮和盼春，又望了眼杨铁汉。

杨铁汉走过去，把肩上的东西放到了地上。

彩凤转身走进了里屋，杨铁汉想了想，也跟了进去。

彩凤定定地望着他。

杨铁汉张了张嘴，想说什么，却没有说出来。

铁汉，我知道你现在是干啥的了。彩凤终于说道。

杨铁汉赶紧向她解释：这是亲戚的孩子，在乡下过不下去了，就放到我这里。

铁汉，我不问孩子的事，我只告诉你，我是魏大河的妻子。

杨铁汉听了，身子微微抖了一下。他定定地看着彩凤：彩凤——

彩凤低下头，鼻子一酸，眼泪差点掉了下来。

杨铁汉看在眼里，忙偏过头去：我该带孩子们走了。

杨铁汉和孩子们走出铺子的时候，彩凤追了出来：杨铁汉，有事就过来找我。

杨铁汉没有回头，带着三个孩子走出了振兴杂货铺。街上很快就响起了磨剪子嘞，戗菜刀——

抗生咬着手指头，看着小伙伴们离去。

杨铁汉始终没有等来转移三个孩子的通知，却等来了鬼子的又一次全城大搜捕。

鬼子和伪军敲开布衣巷十八号的时候，仍然是在晚上。三个孩子已经睡下了，自从盼妮和盼春来了，杨铁汉就把大床让给了三个孩子，自己在房间的一角搭了一张床。

杨铁汉此时躺在床上，睡意全无，满脑子里想着三个孩子的事。照料着三个孩子的生活，他并不犯愁，最让他头疼的是他们的安全。组织

辗转着把他们送到了他这里，他决不能让他们出事，否则，他的工作就是失败的。

接应的下线遭到了敌人的破坏，而何时恢复与外界的联系又不得而知，他的心里一片茫然。就在这个时候，鬼子和伪军砸响了他家的大门。他打开门的时候，鬼子和伪军明晃晃的刺刀就把他抵住了。有了上次鬼子搜查的经历，这次的杨铁汉就显得很有经验。他站在那里，看着鬼子和伪军，一句话也不说。

一个伪军喊了起来：说，家里有啥人？

就三个孩子，已经睡下了。

旁边的伪军用枪托砸了他一下，几个鬼子打着手电，屋里屋外地翻找起来。最后，他们把三孩子也推搡了出来。几个孩子睡意惺忪地围在杨铁汉的身边，盼妮紧紧地扯着他的衣角，军军抱住了他的腿。看到孩子们无助的表情，他心里的什么地方动了一下，很快就有一种很硬的东西在身体里拱了起来，他伸开手，把三个孩子紧紧地护了起来。

一个鬼子的小队长，冲着三个孩子和杨铁汉叽哩哇啦喊了一通，翻译官就赶紧翻译起来：太君问了，你怎么一个人带三个小孩儿。

杨铁汉用手死死地护住孩子，脸上赔着笑，冲翻译官说：孩子的娘去乡下娘家奔丧去了。

鬼子的手电就又仔细地在杨铁汉和三个孩子脸上照了照。

翻译官上前一步，一把抓过了军军，军军害怕地往后退着。鬼子小队长从兜里摸出一块糖在军军面前比画着。军军不接，把一双小手背在身后。鬼子看一眼旁边的翻译官，翻译官就冲军军笑了笑，蹲下来说：小孩说实话，太君给你糖吃。

军军的表情越发得紧张起来。翻译官用手指着杨铁汉，虎起面孔问军军：你管他叫什么？

军军毫不迟疑地答：叫爸。

翻译官仍不甘心地看着军军：他真的是你爸？

军军点点头。

鬼子小队长见在军军这儿没有问出什么，便一挥手，两个伪军走过来，不由分说，把盼妮和盼春从杨铁汉的身边拉了出来。鬼子小队长这回把糖收了起来，翻译官提高了声音问：他是你们的什么人？

盼妮和盼春张口就说：他是俺爸。

经历了太多的两个孩子早就看出了眼前的危险，但他们还是表现得很镇定，这让杨铁汉感到欣慰。

鬼子不再理睬三个孩子，却一把抓住杨铁汉的衣领，歇斯底里地嗷嗷叫着。

杨铁汉看着小丑一样的鬼子，直想一拳打过去，夺下枪，和鬼子决一死战。他冲动着伸手向腰间摸去的瞬间，他忽然冷静了下来，意识自己已经不是县大队的一名排长，而是地下交通联络员，他当下的任务就是要保护好这三个孩子。他赶紧弓起腰，脸上堆着笑：太君，他们真是俺的孩子，孩子他娘去乡下奔丧了。

鬼子满脸狐疑地盯着他看了半天，突然，冲翻译官叽里哇啦地说了几句什么，翻译官绷起了脸说：太君说了，这孩子我们要带走，等他娘回来了，太君验明正身才能领回来。

不等杨铁汉反应过来，几个鬼子和伪军就冲过去，拖着三个孩子往门外走。虽然几个孩子大小场面也经历过，可从来没有见过这阵势，孩子们一边哭，一边喊着：爸，我们害怕。

杨铁汉想冲上去，把三个孩子夺回来，却被鬼子明晃晃的刺刀抵在了墙边。

孩子的哭喊声越来越远，他大声地冲孩子喊：孩子，只要爸还活着，你们就不会有事——

夜，一下子又静了下来。杨铁汉呆呆地立在那里，鬼子带走了孩子，却将他一个人留了下来，他感到前所未有的冷清和孤单，耳边一遍遍地回响着孩子们的哭喊。孩子是在他的手里被带走的，他没有保护好

他们，这是他的失职，茫然中他忽然就想到了老葛。他刚走到街口，就被鬼子给拦住了，今晚城里戒严，看来想见老葛也只能等到天亮了。

第二天，一夜没有合眼的杨铁汉还没有去见老葛，老葛却找到了他。他见到老葛的第一句话就是：我没有保护好孩子，请组织处分我吧。

老葛正是放心不下三个孩子，才一大早赶过来的。他听了杨铁汉的话，就什么都明白了，他靠在门上，望着空荡荡的屋子，终于小声地说：白果树同志，这不能怪你。我们的内部有人叛变了，鬼子这次就是冲三个孩子来的，你没有责任。我马上跟组织汇报，一定要全力以赴救出三个孩子。

说完，拉开了门，忽然又想起什么，回过头叮嘱道：等我的通知。

望着老葛离去的背影，杨铁汉的心里很乱，想到老葛说起"鬼子这次就是冲三个孩子来的"这句话时，他一下子就想到了抗生。想着彩凤和抗生也许会遇到麻烦，他再也坐不住了，急三火四地奔了出去。

当他赶到振兴杂货铺时，果然不出所料。此时天已大亮，以往这个时候，彩凤早就卸下门板，抗生也在门口玩上了。此时，屋里屋外冷冷清清，他一边拍着门板，一边喊：彩凤，彩凤——

半晌，门突然开了。彩凤面色苍白地看着站在门口的杨铁汉，眼圈一下子就红了。

杨铁汉没有见到抗生，他意识到了什么，急切地问：彩凤，咋了？是不是抗生出啥事了？

彩凤的眼泪终于落了下来，她呜呜咽咽地说：昨晚上，抗生让鬼子给带走了。

最让人担心的事情还是发生了，他没头没脑地说：抗生又没有犯法，他们凭啥把抗生抓走？

彩凤抹了一把眼泪说：他们怀疑抗生的爸是八路军，说要想领人，除非让他爸去。

杨铁汉听了，身子慢慢地蹲了下去，他想到了魏大河。别说魏大河牺牲了，就是没有牺牲，也不可能进城去领孩子。此时，他感到深深的自责，他不但没有保护好三个孩子，就连彩凤和抗生也没有保护好。他在心里狠狠地责骂着自己，半晌，才抬起头，看着无助的彩凤，发现彩凤也在望着他。彩凤似乎意识到了什么，突然问：你那三个孩子呢？

他低下了头。

彩凤见他这样，便什么都明白了，她叹了口气：俺知道，那三个孩子都不是你的。

他抬起头，去望彩凤时，彩凤已经把头扭向了别的地方。

他以前只带着军军一个人时，彩凤并没有多想，以为军军就是他的孩子，甚至，有段时间她还误解过他，直到盼妮和盼春的出现，才让她意识到了什么，尽管她没有明说。虽然，她只是个女人，但丈夫毕竟是队伍上的人，有些道理不用说，她也能明白。

彩凤的一句话，也让杨铁汉觉得没有必要再向她隐瞒什么了，同时，一个大胆的想法在他的脑海里冒了出来。想到这儿，他盯着彩凤说：彩凤，我帮你去把抗生领回来，但也需要你帮我一个忙。

只要能把抗生领回来，让我干啥都行。

彩凤眼里的神采一下子亮了起来。

杨铁汉就把自己的计划说了。他决定和彩凤扮成一对夫妻，去领回那几个孩子。

孩子们很顺利就被领了回来。在回来的路上，杨铁汉抱着军军，盼妮和盼春紧紧地拉着他的衣角，虽然，他们只分别了一夜，但这样的惊吓着实让三个孩子感受到了危险。

刚见到军军时，军军一把抱住了他的腿，哭叫着：爸，我怕，我再也不离开你了。

盼妮和盼春也抹着眼泪，看着三个孩子，他的眼睛也潮湿了，他把孩子们紧紧地拥在怀里，在心里说：孩子，你们放心，爸以后再也不让

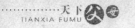

你们受到惊吓了。

当见到孩子们时的激动慢慢平复下来，他不能不想得很多，这一次，孩子们算是躲过了一劫，可谁又能保证下一次呢？这么想着，回家安顿好三个孩子后，他要急于见到彩凤。彩凤也和他一样，面临着同样的危险。

当他又一次来到振兴杂货铺时，彩凤正坐在屋子里，搂着抗生发呆。他的到来，让彩凤暂时止住了眼泪。

彩凤一遍遍地说：吓死人了，这抗生要是有啥好歹，我以后咋向大河交代啊。

彩凤这么说着，眼泪就又落了下来。抗生伸出手，一点一点地为妈妈擦去眼泪，嘴里说着：妈，我以后听你的话，再也不离开你了。

彩凤紧紧地抱住了抗生。

杨铁汉在一旁听了，看了，心里阴晴雨雪的说不出个滋味。这时，他又想起了自己曾经对大河的承诺。过了半晌，他终于对彩凤说：彩凤，为了你和抗生，我想搬到杂货铺来住。

彩凤听了，怔怔地望着他。

他又说：这不仅是为了你们，也是为了那三个孩子。看来，鬼子还会来找我们的麻烦。

彩凤看着他，很快就明白了他的心思，她沉思了一会儿，才慢慢地说：杨铁汉，你现在是干啥的，跟我们娘儿俩没关系，但冲着你和大河是战友的分儿上，也为了几个孩子，你们搬过来，我没啥意见。

杨铁汉没有想到彩凤这么痛快就答应了，他立起身，搓着手，一遍遍地说：彩凤，那太感谢你了，以后我会保护好你和抗生的。

杨铁汉在回布衣巷的路上才想起了老葛，自己的决定事先还没有向老葛请示呢，他开始有些后悔自己的草率。

当他找到老葛时，老葛拍着手说：组织上也正为这件事情着急呢，本来想派一名女同志配合你的工作，可一时又找不到合适的人选。如果像你所说，那当然是最好了。

老葛的支持也让他有了信心。接下来，他就把彩凤的情况向老葛作了汇报，老葛毕竟是做地下工作的老同志了，他半晌没有说话，低头沉思着。

杨铁汉也知道，做地下工作必须谨慎、小心，但眼前的形势也只有这样才是安全的。他可以不考虑自身的安危，但他不能不考虑三个孩子，况且，彩凤一个人带着抗生也是危机四伏。如果他能和彩凤相互作为掩护，这对他们来说是最好的选择。但老葛是他的上级，这件事情的决定必须要征得老葛同志的同意。

老葛沉思良久，终于开了口：白果树同志，你的想法我认为可行，但我要向组织汇报一下。你等我的通知。

杨铁汉知道自己该告辞了，他站起身，悄无声息地从后院的小门走了出去。

两天之后，杨铁汉得到了老葛的通知：组织上同意他的想法。直到这时，他才长舒了一口气。


# 一家人

杨铁汉搬家那一天，他把三个孩子喊到了一起：从今天起，咱们就搬到抗生家的杂货铺去住。以后，你们就要管彩凤婶儿叫妈，听到没有？

三个孩子很聪明，马上就明白这么做是为了什么。自从上次被鬼子带走，几个孩子差不多成了惊弓之鸟，他们再不敢跑出去玩儿，说话也小心翼翼，有个风吹草动就惊恐不已。此时，听说就要搬到抗生家，三个孩子心里的石头似乎落了地。杂货铺不仅有小伙伴抗生，重要的是，和彩凤婶儿在一起就有了家的感觉。他们还清楚地记得，几天前杨铁汉和彩凤接他们回家时的情形——

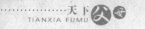

最先出现在三个孩子面前的是杨铁汉，他一见到孩子们就说：爸妈接你们回家。

这种颠沛流离的生活，早让三个孩子变得无比聪慧，杨铁汉简单的一句话就给了孩子们一种暗示。在杨铁汉离开后，鬼子又把彩凤带了进来，分别问三个孩子：她是谁？

彩凤对他们来说已经不陌生了，三个孩子没有任何犹豫，一下子拥上去，抱住彩凤，又哭又喊。日本兵营里的惊吓，让三个孩子在看到彩凤时像见到了救命的稻草，他们喊得真切，哭得真实，仿佛母子已经分开了很久，情感也就在这一瞬间爆发了。

一旁的日本人也被眼前的情形弄得歔歔不已，挥着手道：哟西，哟西——

彩凤顺利地把三个孩子带出了日本人的兵营，那时，几个孩子就对彩凤越发得亲热起来。

此时，杨铁汉这么一说，孩子们的眼睛都亮了，他们早就盼着这一天呢。军军跑到杨铁汉身边，抱住他的腿，声音打着颤儿：爸，咱啥时候去啊？

杨铁汉摸了摸头，冲孩子们笑笑：你们没意见，咱现在就走。

三个孩子跟着杨铁汉走出了布衣巷十八号。孩子们在回头看了一眼后，就头也不回地向振兴街走去。

在这之前，杨铁汉已经通知了彩凤。彩凤也已经早早作好了准备，把堆杂物的房间收拾了出来。

孩子们见面后那股高兴劲儿自不必细说，重要的是从现在开始，他们不仅有了爸，还有了妈，这里就是他们的家了。

安顿好孩子，彩凤和杨铁汉四目相对着，他们知道在一段时间内，为了孩子们的安全，他们不得不生活在一起。彩凤慢慢把目光从杨铁汉的身上挪开一些：铁汉，我不管你现在干啥，但咱得让这个家安全，大人有点啥不怕，不能太委屈了孩子。

杨铁汉嗫嚅着，似有千言万语，却不知从何说起，无意中，他的手触到了怀里那只硬硬的子弹壳，他的身体微微地颤了一下，半晌，才说：谢谢你让我们渡过眼前的难关。

彩凤瞟了他一眼，理智地说：咱不说客气话，其实你这也是在帮我。

说到这儿，彩凤轻轻叹了口气，自言自语着：大河已经很久没有消息了。

杨铁汉听了，心里"嗖"地被刺了一下，望着愁眉不展的彩凤，他真想把实话告诉她。可转念一想，又死死地扼住了这个念头，如果说出魏大河牺牲的真相，那就会牵扯到自己。尽管在他的心里，彩凤是自己人，但地下工作的纪律明确规定，即使是面对自己的亲人，也不能暴露自己的真实身份。这不仅是考虑到自身的安全，也是对整个地下组织的负责。

杨铁汉在没有从事地下工作前，并没有把这条规定考虑得有多么严重，当他真实地投身于特殊的工作环境中，才感受到自己如同走在了钢丝刀尖上。他在老葛那里经常听到关于同志们被捕的消息，望着城楼上悬挂着的战友的头颅，他的心也一紧一抽的。

就在杨铁汉把三个孩子安置到彩凤的杂货铺后，他接到了老葛的一个通知。老葛把一个信封递给他，让他务必把这份密件送到城外老阴山关帝庙的一排香案后。

按理说，这一次完全用不着杨铁汉亲自跑一趟，他的下线小邓打小就在县城长大，但说到老阴山的关帝庙时，小邓却并不清楚。于是，为了送出这十万火急的情报，他决定亲自去一趟。

出发前，他把那封信缝在了贴身穿的衣服里。一切准备就绪后，他冲彩凤说：我要出城一趟，明天就能回来。

彩凤盯着他看了一眼，并没有多说什么。

他又说：孩子们就让你费心了。

临出门时，他挨个摸了摸几个孩子的头，就往外走去。

这时候，彩凤突然说了句：铁汉，路上小心。我和孩子们等你回来。

他转过头，眼眶一热。出生入死这么多年，他早已经习惯了拼杀和流血，彩凤的话却让他心有所动，她似乎已经把他和他的孩子们当成了一家人。就这样，他揣着彩凤这句温暖的话语，在夜半时分赶到了老阴山。

老阴山对他来说是熟悉的，翻过老阴山，再向东走十几里路，那里就是自己的家了。小时候，他跟着母亲，每逢年节都会到老阴山的关帝庙烧香、磕头。庙里的香火很盛，母亲虔诚地做这些时，他就绕着关帝庙乱跑一气，直到太阳西斜，母亲才和一群善男信女离开这里。可以说，老阴山的关帝庙留下了他童年欢乐的记忆。

当他趁着夜色翻墙进入关帝庙时，这里已是物是人非，早已断了香火的庙里异常的冷清和凄凉。他轻车熟路地找到香案，把那封十万火急的信小心地放到了香案后面。然后，他又潜到庙外，观察了一会儿，确信自己的行踪没有被人看到，才悄悄地溜出了关帝庙。

他走出关帝庙时，悬着的一颗心才算放下来。下山的时候，东方已呈现出一抹鱼肚白，这时，他想起了自己的父母，还有小菊，此时的家已经成了他的一种回忆。当初，他离开家参加县大队后，还是偶尔能回到家看看，自从接受了新的任务到县城工作后，他至今还没有回过家，家里的父母始终是他最大的牵挂。

就在他完成任务往回赶时，他的脚步不知不觉中踏上了一条熟悉的小路，这是他童年走过，也是他梦里走过的路。

太阳完全跳出来的时候，他已经走到了自家门前。每一次回到这里，心里的感受都是不尽相同。这一次，日本人又烧毁了一些房屋，就连几棵大树也被烟火熏燎得失去了生气，庄子里一片凌乱的景象。他躲在一棵树后，望着自家的大门，心里有股说不清的滋味。这时候，门"吱呀"一声，开了。他看见小菊把一盆水泼在了院子里。小菊似乎比以前更清秀了，他看到小菊，就有一种很温暖的东西从心底里漫上来。他差点忍不住去喊小菊。见没有什么异样，他几步跑到门前，一把推开了大门。

外间的小菊正在做饭，看见他，惊叫一声，手里的盆就掉到了地上。她顾不上去捡，冲着里屋喊：爹，娘，铁汉哥回来了。

母亲和父亲几乎同时从里屋挤了出来，他们使劲儿地打量着他。母亲半天才哆嗦着声音说：铁汉哪，你咋这么久也不回来看看啊。

母亲说着就抹开了眼泪。

后来，他才知道，他被秘密调走之后，县大队又几次路过这里。父母为了看他一眼，去县大队找过，也打听过许多人，却谁也不知道他的去向，只是摇头。父亲杨大山又去找了肖大队长和刘政委，肖大队长只告诉父亲：他去执行任务了。

父亲对肖大队长这种含糊其辞的说法显然很不放心，思来想去，一家人就想到了最后的结果——铁汉一定是牺牲了。肖大队长和刘政委是不忍心告诉他们。

一家人伤心、难过了很久，就默默地接受这一现实。可就在这个时候，他竟奇迹般地出现在他们的眼前。

那一次，他只是在家里匆匆地待了片刻，就挥手上路了。他告诉父母和小菊，他的确是在执行新的任务，只是没有告诉他们，他就生活在县城。

他在喝了一碗小菊熬好的粥后，就走出了大门。小菊跟在他身后，默默地走着。

他归心似箭，就回过头，冲小菊说：回去吧，别送了。

哥，你要当心啊！爹娘知道你还活着，他们会高兴好一阵的。有空你就回家看上一眼，省得爹娘惦记。

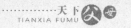
他看了一眼小菊，心里竟充满了感激，这个家多亏了小菊。他停住脚，一脸愧意地说：小菊，哥在外照顾不了这个家，以后就靠你了。

小菊看着他，眼里含了泪：哥，你放心走吧，家里有我呢。

他突然伸出手，抚了一把小菊的头。小菊感到他的手有些湿湿的，却又是温暖的，分明向她传达着一股男人的力量。小菊没有想到，这份感觉竟伴随了她的一生。

小菊抬起头时，他已经疾步向前走去。

小菊看着他的背影，哽咽着：哥，常回来看看啊——

他回了一次头，泪水早已模糊了他的视线。

# 组织

三个孩子有了彩凤的照顾，就像有家的孩子一样了。每天一早，杨铁汉起来的第一件事，就是去帮助彩凤卸下杂货铺的门板，铺子里一下子就亮堂起来。彩凤一边忙着做饭，一边招呼着孩子们起床。

吃过早饭，杨铁汉就又扛起磨刀的家什，冲彩凤喊一声：我出去了。

彩凤这时候从不多说什么，看他一眼，和孩子们一起望着他走进巷子里。不一会儿，街上就传来杨铁汉"磨剪子嘞，戗菜刀"的吆喝声。

孩子们无忧无虑地在院前玩耍，彩凤在铺子里这里看看，那里擦擦。停下手里的活时，她有时会愣神儿，目光下意识地就落在那几个孩子的身上。

在这段时间里，最让杨铁汉心里没底的就是这三个孩子，看似解决了眼前的困难，可危险仍时刻存在，不把孩子们安全地送出城去，他就无法安心下来。

这天，他出现在老葛药房旁边的空地上，放下肩上的磨刀家什，亮起嗓子，一边卖力地吆喝，一边警觉地观察着药房。

老葛有时会从药房里走出来，一手托着紫砂茶壶，一手拎了把锈迹斑斑的菜刀，递给杨铁汉，嘴里大声地喊着：磨刀的，把我这刀给好好磨一磨。

杨铁汉接过刀，眯着眼睛看了看，就利索地磨起刀来。

老葛站在一旁，眼睛盯着刀，低声说：城外还没有联系上，看来还得等一等。

透过"嚓嚓"的磨刀声，他也低声说：孩子在这儿，我晚上睡觉都不踏实。

老葛"滋溜"地喝了一口茶，抹抹嘴说：这我知道，组织比你还急。

有人路过药房，杨铁汉就大声道：老板，你这刀可有些日子没磨了，看这锈的。

老葛煞有介事地撇撇嘴，说：可不是，有日子了，这段时间也不见你过来。

等路过的人走远了，老葛就兴奋地说：前两天你送到关帝庙的情报可解决大问题了，八路军县大队干掉了鬼子的运粮小队，小鬼子一个也没剩下。

杨铁汉举起刀，眯起眼睛，冲太阳看一眼刀刃，笑了——为了自己亲手送出去的情报，也为了县大队的胜利。此时，他异常怀念起县大队的生活，那里不仅有他敬重的肖大队长和刘政委，还有那么多熟悉的战友。想到这儿，他瞟了眼老葛，小声道：真想杀到前线去啊。

老葛端起茶壶，慢悠悠地喝下一口，看着面前磨得锃亮的刀，意味深长地说：磨刀不误砍柴功啊——

说完，拿起杨铁汉递过来的刀，道声"谢谢"，转身，踱进了药房。

杨铁汉尽管没有从老葛那里打听到送走三个孩子的确切消息，但他的心里是踏实的。不知为什么，进城这么长时间了，只要他远远地望到

老葛的药房，和老葛轻描淡写地说上几句，他那颗沉甸甸的心就会踏实下来。在县大队时，县大队就是他的组织，有了组织，就有了家。在城里，他做地下工作，老葛是他的上线，他的工作归老葛直接领导，老葛就是他的组织。有了组织，他的心里就有了底气，有了方向。

他更多的时候是以磨刀的名义转悠到鬼子或伪军的营区外，把磨刀的家什往地上一放，扯开嗓子喊起来。

刚开始，鬼子门口的卫兵对他是一脸的戒备，端着枪，用刺刀冲他比画着说：八嘎——

他停留的时间稍微长点儿，鬼子就会举起枪托轰他。现在，鬼子似乎对他已经很熟悉了。他把磨刀的摊子支在离兵营不远不近的地方，上岗的两个鬼子就觑着眼睛看他，他悠长地吆喝一声：磨剪子嘞，戗菜刀——

鬼子听了，就嘻嘻地笑。偶尔地，那个胖厨子从兵营里走出来，提两把菜，"当啷"一声，扔到他面前，就蹲到了地上吸烟。很快，厨子的目光就被一群搬家的蚂蚁吸引了，他用手里的烟头去烫蚂蚁，或者用一个小棍去拨弄开蚂蚁搬动的食物，一次又一次，蚂蚁们不屈不挠地抗争着。伙夫就笑了，像个调皮的孩子。

杨铁汉把磨好的菜刀递给伙夫：兄弟，你看这刀口，别说切菜，杀猪都没问题。

厨子把目光从蚂蚁身上移开，接过刀，在手里掂了掂：杀猪？你看杀人行吗？

杨铁汉赶做出一副胆小怕事的样子：兄弟，可别乱说，让太君听了，可是要掉脑袋的。

伙夫就说：妈个巴子，他们听不懂，这小日本儿太不是东西！早晨无缘无故地扇了我两耳光，你说他小日本儿是人吗？

杨铁汉一脸同情地劝道：兄弟，人在檐下站，不得不低头啊，该忍就忍吧。

厨子立马瞪起了眼睛：这帮小鬼子咋不让县大队给收拾了呢。前几天，鬼子去抢粮，结果一个也没有回来。

杨铁汉见时机已到，便说：兄弟，你这儿做饭也够累的吧，几百号人的饭呢。

伙夫把烟屁股扔在地上，用脚狠狠地碾了两下：妈的，前两天还三百多口子呢，现在让县大队一家伙给干掉几十个。

杨铁汉打着哈哈：兄弟给太君干活，说话还是小心些好。

伙夫站起身，把磨好的菜刀在空中比画了两下，咬着牙说：再敢欺负老子，非得和他们拼了不可。我以前可是杀猪的。

伙夫丢下话，提着菜刀向兵营走去。走了两步，又停下来，冲杨铁汉道：磨刀的，今天日本人没给磨刀钱，下次一起给你。

杨铁汉冲他挥一下手：不急，有就给，没有就算了。

他目送着伙夫走向日本人的兵营。只见磨刀时还一脸轩昂的伙夫，走到日本卫兵面前，身子立马短了一截，菜刀也老老实实地捧在了手里。杨铁汉看在眼里，就在心里笑了笑，收拾起东西，向伪军的门口走去。

直到太阳落山时，杨铁汉才扛着磨刀的家什回到振兴杂货铺。之前，他已经用磨刀的钱买了一些杂粮和青菜，还没有走进门，孩子们老远就迎了上来。盼妮接过他手里的菜，盼春一边往屋里跑，一边喊着：娘，爹买菜回来了。

很快，一家人就围坐在一起，吃上了彩凤做好的晚饭。看似简单的饭菜，却也给平淡的日子添了些烟火气。

吃完饭，杨铁汉坐在门前，和孩子们玩上一会儿。他望着眼前的四个孩子，竟觉得既熟悉又陌生，如果不是小鬼子，他早就和小菊圆房了，说不定孩子也会满地乱跑了。恍惚间，他似乎坐在自家的院子里，屋里忙碌的不是彩凤，是小菊；而此时正坐在这里的却是魏大河。想到大河，他的心猛地往下一沉，他下意识地在怀里摸了摸那枚坚硬的子弹

壳，大河牺牲的样子就历历在目了。他说过的话，也又一次在耳边响起：大河，你放心地走吧，他们娘儿俩有我呢。以后有我吃干的，就决不让他们喝稀的。他顿时感到肩上像压了磨一般，沉甸甸的。

孩子们被彩凤安顿着睡下后，杨铁汉在杂货铺的外间打了地铺。他坐在黑暗里，一时没有睡意。彩凤在他面前时不时地会念叨起魏大河，他却无法去应对，也不能去告诉她事情的真相。他只能在心里暗暗地为彩凤叹气。

彩凤端了一盏油灯出现在他面前。油灯被放在桌子的一角，飘忽不定的光亮便映在两个人的身上。

孩子们都睡了，你也早点睡吧。杨铁汉望着彩凤说。

彩凤不说话，拉过一只小凳，坐在那里缝补着孩子的裤子。过了一会儿，她总算缝好了，一边收拾着，一边问：铁汉，你跟我说句实话，你离开县大队时，大河还在吗？

彩凤已经不止一次这样问过了，杨铁汉每一次都铁嘴钢牙地说：他挺好，你放心吧。

彩凤悠长地叹了一口气，幽幽地说：大河已经快半年没有消息了。

城里的鬼子戒备得严，县大队很久没到城里活动了。没啥事，彩凤你不用太惦记。

彩凤像下了决心，突然抬起头来：铁汉，你能帮我照顾两天孩子吗？我想出城找一找县大队。

听了彩凤的话，杨铁汉吃惊地张大了嘴巴。

我一定要见见大河，不管他是死是活。彩凤的口气变得坚定起来。

杨铁汉就不知说什么好了，他的心似乎被重重地敲了两下。那一刻，他真想把实情告诉彩凤，可这又是组织纪律所不允许的。半晌，他说：彩凤，要不我出城帮你打听一下。

彩凤摇摇头，固执地说：我要亲眼看到大河。

杨铁汉坐在灯影里，望着坚定不移的彩凤似乎想了很多，又似乎什么也没有想。

彩凤说完，端起油灯走了，留下一片黑暗。

杨铁汉依然坐在那里，伸手摸出那枚子弹壳，在手里死死地攥着，泪水不知什么时候从脸颊上流了下来，滴落在他的手上。

彩凤在杨铁汉和孩子们的目送下，背着一只蓝布包袱出发了，她执意要去寻找魏大河。杨铁汉心里是清楚的，她的寻找是徒劳的，可他又不能把话说破，只是一遍遍地说：彩凤，别找了。县大队肯定任务重，要不，大河一定会回来看你的。

这我都想过，但我还是放心不下。我只有看到大河，我的心才能踏实。

彩凤一意孤行的样子，杨铁汉也只能在心里重重地为她叹息了。

彩凤就这么走了，一直向城外走去。

城里的鬼子和伪军大多都是龟缩在炮楼里，将城外的空间留给了八路军，城外就是另外一个世界了。彩凤每到一个村庄，都会被村口拿着红缨枪的少年盘问一番。这天，彩凤刚走到一个村口，就见两个少年，手执红缨枪从柴禾垛后面冲了出来。她怔怔地望着两个少年，不解地问：这是干啥？

其中一个少年一脸警惕地说：路条，你的路条呢？

彩凤一副摸不着头脑的样子，她头一次听说进村还要路条，而这路条又是什么？她茫然地摇摇头，但却坚定地说：我要找八路军县大队。

两个少年对视一眼，脸上的表情就更加严肃了。少年们看她再也说不出什么，就一起举起了手里的红缨枪。

彩凤看着他们还是那一句话：我要找县大队。

少年不理她，固执地伸出手：拿出路条来，没有路条，你不能进村。

最后，彩凤还是没有进到村子里。在其他村子遇到的情形也大致如

此，她在城外转悠了两天，也没有碰到县大队的影子，仿佛县大队从人间蒸发了。在她没出城时，她以为一个村挨着一个村地找，肯定能找到县大队。没想到，却是这样一个结果。

彩凤回来的时候，杨铁汉正坐在杂货铺的门前磨着刀，四个孩子在一边嘻嘻哈哈地闹着。杨铁汉抬起头时，远远地，就看到了彩凤，他磨刀的手停止了动作。直到看着神情落寞的彩凤，慢慢地一点点走近。

看到彩凤，抗生喊一声"妈"，就扑过去，抓住了彩凤的一只手，另外几个孩子怔了一下，也一同扑过去，拉手，扯衣角的，一起喊着"妈"。自从上次，彩凤和杨铁汉把孩子们从日本兵营里接回来，孩子们就亲亲热热地视彩凤为一家人了。

彩凤立在那儿，看看这个，又瞧瞧那个，突然，她捂着脸哭了起来，人顺势蹲在了地上。

杨铁汉看到眼前的情景，忙跑到屋里，望着彩凤，不知道发生了什么。

彩凤，你这是咋了？

彩凤直起身，拎起包袱，径直走进里屋，反手关上了门。

杨铁汉和孩子们清楚地听到了彩凤伤心欲绝的哭声。

杨铁汉怔在那里，孩子们也不知所措地愣在那里。

许久之后，彩凤停止了哭泣，走进厨房，开始为一家人做饭。

那顿晚饭很丰盛。当一家坐在一起时，彩凤仍然一言不发。孩子毕竟是孩子，看到眼前丰盛的饭菜，个个都是欢呼雀跃的样子。杨铁汉却无论如何也高兴不起来，在这两天的时间里，他时刻都在担心着彩凤的安全，但也更怕她知道大河牺牲的消息。人有希望的时候，生活是有奔头的；如果彩凤真的知道大河牺牲了，她又怎么能撑得下去呢？杨铁汉一直胡思乱想着。

现在，彩凤回来了，他的心也踏实了一半。可彩凤回来后的反常，又让他心里七上八下起来。吃饭的时候，杨铁汉几次想问个究竟，却又欲言又止。

终于等到晚上，孩子们都睡下了，彩凤又端着油灯出现在杂货铺。杨铁汉知道，彩凤要和他摊牌了，他纷乱的心，莫名地乱跳了起来。

他望着灯影里的彩凤，小心翼翼地问：找到县大队了？

彩凤的表情充满了失落和忧伤，她慢慢摇了摇头。

杨铁汉暗暗松了一口气。

彩凤自言自语着：县大队能去哪儿啊？

我跟你说过，县大队没个固定的住所，要是这么容易就能找到县大队，小鬼子早就找到了。县大队是在和鬼子捉迷藏呢？

彩凤就叹口气说：这两天我做了两回梦，每回都能梦见大河，他一直冲我说，彩凤你要照顾好自己和孩子。他这么说，我就有种不好的感觉。

杨铁汉怔怔地坐在那里，心里又一阵扑通通乱跳，半晌才说：彩凤，你别乱想，大河他好好的呢，你不用为他担心。

彩凤捋了一下散在耳边的头发，望着杨铁汉忽然说了一句：我知道，你是在为八路军做事。

杨铁汉听了，心里一惊，他死死地盯着灯影里的彩凤。

刚开始，你带着军军时，我以为他是你的孩子。后来，又来了盼妮和盼春，我就猜想，你一定是在为八路军做事。这些孩子一定是没爹没娘了，放在你这里是暂时的，他们早晚要离开这里。

杨铁汉低下了头，无声地叹了口气。彩凤的确是个聪明的女人，但她却一直没有把话说破，甚至从没问过这些孩子的来历。看来，他有些小看她了。

彩凤又说：杨铁汉，既然你还是八路军的人，你就一定知道大河的下落。你告诉我，就算他死了，我心里也好有个数，至少不再惦记他。

杨铁汉张了张嘴，话几乎到了嘴边，可看到彩凤那期待的目光，他又把话生生地咽了回去。他摇了摇头，说：彩凤，我都离开县大队半年

多了，我真不知道大河的情况。

彩凤认真地看了眼杨铁汉，算是相信了他的话。她抬起头，心事重重地说：我知道，大河他们整天和日本人打仗，枪子儿是不长眼睛的。这次我去乡下，晚上就躲在山里，看到了许多的坟头。我知道，那不是普通的坟头，那里埋着的一定是县大队的人。没有纸钱，也没有烧纸，都是慌慌张张埋上的。

彩凤说到这儿时，已经是一脸泪痕了。

杨铁汉看到彩凤这样，心里又被一种重重的东西敲击了一下。想起那些战友牺牲时死不瞑目的样子，他的声音也有些发哽：你不要乱想，大河他没事的。就是他有啥事，还有我呢。

彩凤抹了一把脸上的泪，掷地有声地说：过几天，我还要去找大河。我活要见人，死要见尸。

杨铁汉时刻在等待着老葛的通知，三个孩子已经成了他心里最大的负担。前几日，鬼子和伪军又来了一次全城大搜捕。夜半时分，杂货铺的门被砸得山响，有了上次的经历，孩子们早已乱作一团，吓得瑟瑟发抖。鬼子闯进屋后，一阵乱翻乱砸之后扬长而去。

军军和抗生躲在彩凤的怀里，一边发抖，一边喊着：妈，我怕——

大一些的盼妮和盼春一边一个抱住彩凤的胳膊，眼里充满了恐惧和不安。

杨铁汉看着孩子们，心里就很复杂，认为是自己没有保护好孩子，让他们受到了惊吓。在没有带这几个孩子前，他对孩子几乎没有什么感觉，当他们一个个走进他的生活，他开始感受到肩上的责任。尽管这种责任首先是一项任务，他必须要保证孩子们的安全，并将他们顺利地转移出去。可当他看到孩子用那种无助的目光望着他的时候，他的内心又多了一种父亲的情感，这种情感像破土的笋芽，一节节地在他的身体里生长着。正是这深沉的责任与情感，让他在不安中一天天等待着。

这天，杨铁汉没有等来把孩子们送走的通知，却等来了另外一个消息。

老葛派人通知他，晚上去一趟药房。接到老葛的通知，他就想，一定是为了这三个孩子的事。

傍晚的时候，他迫不及待地来到了药房的后门。见四下无人，他开始敲门，重三下，轻三下，这是他和老葛约定的暗号。

敲过后，门立刻打开了。来人把他领到了一间地下室里。

地下室的正中的桌子上放了两盏煤油灯，老葛郑重地端坐在椅子上。以前，老葛见他都是在药房的阁楼里，在地下室还是头一回。他在这里可以感受到这里经常有人光顾，很多只椅子凌乱地摆在那里，桌上的烟灰缸里堆着满满的烟头。杨铁汉意识到了某种的异常。

他在老葛的示意下，坐在了一把椅子上。他刚一坐下，就迫不及待地问：老葛同志，孩子们什么时候送走？

老葛摇摇头说：今天不是说孩子的事，我想和你谈另外一件事情。

说到这儿，老葛挺了挺腰板，样子愈发得严肃起来。

老葛说：白果树同志，经过这段时间的工作，组织对你是满意的，你已经完成了组织对你的考查。

杨铁汉站了起来，神情认真地看着面前的老葛。他知道，眼前的老葛是他的直接领导，在组织面前，他下意识地站了起来。

老葛就摆了下手，说：白果树同志，你坐。

他不坐，他知道老葛一定有什么重大的事情要对他说。

老葛也站了起来，激动地冲他说：白果树同志，你愿意为共产主义事业献身吗？

杨铁汉对共产主义的认识是在参加县大队后，从肖大队长和刘政委嘴里听到过。刚开始，他参加县大队的目的只有一个，那就是打鬼子，把日本人从中国赶出去，只有这样，百姓才能过上太平日子。后来，他慢慢地理解了共产主义，也知道了，打鬼子并不是最终的目的，只有建设共产主义，推翻剥削阶级，老百姓才能过上舒心的生活。那是个理想

的社会，他在心里早就神往过无数回了。此时，见老葛这么问，他挺胸抬头地回答道：老葛同志，我愿意。

老葛又问：你愿意为共产主义奋斗终生吗？

他斩钉截铁地说：我愿意。

老葛还问：你能为共产主义的事业抛头颅，洒热血吗？

我愿意。他的声音有些抖了，他意识到自己的命运将有大的转机了。

老葛问完话，从桌子底下拿出了一张表格：白果树同志，经组织研究决定，发展你为中共地下党员。

看着递到眼前的表格，他的手在抖，心在跳。栏目里的很多内容，老葛已经为他填好了。这时，老葛又拿出一盒印泥说：你在这里按个手印吧。

在老葛的指点下，他郑重地按下了自己的手印。看着表格上按下的鲜红欲滴的指印，他的脑子里一片空白。

老葛收起表格，握住他的手，向他表示祝贺：白果树同志，你的入党申请还要报到省委，等组织审批后，你就是正式的中共地下党员了。祝贺你！

老葛热烈地抓住他的手，用力地摇了摇。

那一刻，他感到老葛的手很热，也很大。他忽然竟有了想哭的感觉。

## 意外

那些日子里，杨铁汉一想起自己即将成为中共地下党员就激动万分。在八路军县大队时，他也递交过入党申请书，肖大队长和刘政委也分别找他谈过话。他在谈话中了解到，要成为一名中共党员的路还很漫长，组织正在考验他。肖大队长和刘政委自然是党员，党员经常要在一起开会，每次看到党员们在一起开会，他就很羡慕那些党员同志。在战斗打到最关键的时刻，肖大队长和刘政委都会说：党员同志留下，其他同志撤出战斗。那些党员便奋不顾身地把危险留给自己，将平安让给了别人。在县大队时，他就想做一名党员，成为县大队的核心，就在他朝着这个目标努力时，他领受了新的任务，离开了县大队。

此刻，他就要成为一名中共地下党员了。晚上睡觉时，睁眼闭眼的，都是老葛找他谈话时的情形。有几次，半夜醒来，推开孩子们的房门，看到孩子们沉睡在梦中，他才又一次踏实下来。但一想到，还不知何时才能将孩子转移走时，心里就沉甸甸的。

几天后，老葛的联络员交给杨铁汉一个牛皮信封。信封已经用蜡封好了，并不厚重，像是只装了几张纸的样子。联络员交给他这封信时交代说，这封信是转交给县委组织部的。他知道，这是一封党的机密文件，看似很轻，拿在手里却很重。党的机密对他来说，比生命还重。这是在省委接受地下工作培训时，李科长一再强调的。他一直牢记着，在执行任务时，也是严格按照组织的要求去做。

按照规定，老葛是直接面对省委领导，省委的指示则通过他传达到他的下线小邓，然后，再由小邓负责联络县委。尽管他们没有把自己的分工明确说明，但经过这一段时间的地下工作，他基本了解了这一脉络。

接到这封信后，他就开始联络小邓。他一连找了三次小邓，却都没有见到。那几天，他怀揣着组织的信函，肩上扛着磨刀的家什，一直在小邓住的那条巷子里转悠。

他在离小邓家不远的地方吆喝着：磨剪子嘞，戗菜刀——

以前，小邓听到他的吆喝，就会走出来，手里提把菜刀，或一把剪子，走到跟前说：师傅，帮我把这刀拾弄一下。

他接过来，就在磨刀石上奋力地磨起来。小邓就蹲在地上，一边吸烟，一边有一搭、没一搭地说话。见四周无人，杨铁汉就把要传递的信

件和那把磨好的刀一并递过去。如果小邓也有情报需要他转交，就把情报夹在零钱里，塞到他手上。他看一眼小邓，数也不数地把钱揣到了口袋里。

完成任务后，他就扛起磨刀的家什，一边吆喝，一边轻松地往回走。

此时的巷子里，他一声高似一声地吆喝着，却迟迟不见小邓的身影，他的心开始有些不安。他不停地抬起头，打量着四周。这时，从一户院子里走出来一个老汉，怀里抱着两把菜刀，"哐当"一声，扔在他的脚下，不说一句话，向前走了两步，蹲在墙根下，"吧嗒吧嗒"地吸起了卷烟。很快，烟雾一层一层地把老汉的脸笼罩了。

他看了一眼老汉，又看了一眼老汉，便开始磨刀。刀很快就磨好了，他伸手试了试刀锋，把两把磨好的菜刀递给老汉。

老汉慢慢从地上站了起来。他一边冲小邓家努着嘴，一边问老汉：大爷，这家人怎么不见了，我还要把磨好的刀还给他呢。

老汉赶紧左右看了看，压低声音说：快走吧，别在这儿停留。

他一时不解：唉，我得还给他刀啊——

老汉一边给他掏钱，一边说：前两天，那个小伙子就被便衣给带走了。

说完，老汉又看了眼四周，用更小的声音说：听说那小伙子是共产党，他们现在还想抓过来接头的人呢。

老汉说完，提着刀，头也不回地走了。

杨铁汉再抬头时，果然看见两个游手好闲的人，在巷子口晃悠，还不时地向这里张望。

这一发现，让他的脊背冒出一层冷汗。他很快收拾好东西，一边喊着，一边走出巷子。他的身后有人在喊：磨刀的，我这儿有把刀。

他听见了，却像没听见似的，撒开腿向前走去。此时，他的心里只有一个念头，那就是尽快把小邓被捕的消息向老葛汇报。

就在他快走到老葛的药房时，他被眼前的景象惊呆了——街口的两边被鬼子和伪军戒严了。药房门前停着一辆警车，他看见两个鬼子和两个伪军，推搡着把老葛和另外一个联络员推上了警车。

警车鸣叫着从他的眼前开了过去，透过车窗，他看见了老葛。老葛的样子还是那么平静，老葛似乎也发现了他，很深地看了他一眼，然后就扭过头去。

他被老葛的那一眼看得一哆嗦。

警车呼啸而去。鬼子和伪军也纷纷撤离。

站在远处的人们这才涌过来，七嘴八舌地议论着。

一个说：药房掌柜是地下党，让鬼子给抓走了。

另一个问：那小徒弟咋也给抓走了？

有人就说：那还用说，他们是一伙的呗。

一群人向药房涌过去，看门上鬼子贴着的封条。他也随着看热闹的人群挤了上去。

老葛在他眼前明白无误地被鬼子抓走了，小邓也被抓走了，失去了上线和下线，他现在是孤身一人。此时，看罢热闹的百姓也纷纷散开了，街上只剩下他这个磨刀匠，扛着磨刀的家什，形单影只地游走在街上。眼前的情景，似乎更像是他此时的心情。

我该怎么办？他这么问着自己。他这么问自己时，血液仿佛又重新回到了他的脑子里，

他甩一下有些发蒙的脑袋，人一下子变得清醒起来。他首先想到的就是自己眼下的处境，老葛和小邓都出事了，说不定下一个就该轮到他了。想到这儿，他又想到了那三个还没有转移的孩子，自己的安危并不重要，但不能让几个孩子有半步差池，这可是组织交给他的任务。这时，他下意识地摸了一把怀里的那封信。牛皮纸信封硬挺挺的还在，他的心里踏实了一些。

他快步向振兴杂货铺走去，那里有组织上交给他的三个孩子。

他走在路上，脑子里飞快地思考着。当他看到玩耍的孩子们时，焦躁的心也安稳了下来。他撂下肩上的东西，一把将孩子们推进了杂货铺，顺手关上了大门。

他长舒了一口气，冲忙碌着的彩凤说：彩凤，我要带三个孩子出去一下。

彩凤虽然没有正面和他谈论过三个孩子的话题，但她已经意识到了三个孩子的特殊身份。见杨铁汉神色紧张的样子，她没有多说什么，从货架上拿出几袋饼干，用布包了，塞到杨铁汉的手里：拿上吧，说不定能用上。

他接过彩凤递给他的布包，带着三个孩子走出了杂货铺。他不想让三个孩子在城里多停上一分钟，多停留一会儿，就会多一分危险。老葛和小郑先后被捕，说明敌人早就注意上了他们。他不能不以防万一。

走出杂货铺时，他回过头，冲彩凤叮嘱说：你也要小心啊。

抗生不明白发生了什么，呆呆地望着三个小伙伴。当杨铁汉领着三个孩子转过街角时，他突然"哇"的一声哭了。

杨铁汉一走，彩凤的心也一下子冷清了。她把抗生抱起，返身进了铺子。忽然，她很快又走了出来，很快地上好了门板。关上门时，她的心还怦怦地跳着。虽然，她不知道发生了什么，但她意识到有大事发生了，否则，杨铁汉不会慌慌张张地带走三个孩子。直到这时，她的心里又一次肯定了自己的判断——杨铁汉还在做着抗日工作。这时候，她就又想起了大河，心里便无法平静了。

抗生抓住彩凤的手，一迭声地问：妈，军军他们为啥走啊？

彩凤伸手捂住了抗生的嘴，小声叮咛道：抗生，你给妈记住了，不管什么人问起那三个孩子，你都说不知道。

抗生似懂非懂地点点头。

她不放心地又问了一句：记住了？

抗生用力地点了一下头。尽管抗生还不知道这一切是为了什么，但他从母亲的眼神里感受到了这次的不同寻常。

杨铁汉带上三个孩子出城后，在郊外的半山坡上找到了一座破庙，就把孩子们安顿下来。直到这时，他才算松了一口气。突然的变故把三个孩子弄得有些发愣，他们不知道发生了什么，只是感受到了危险的存在。在三个孩子的经历中，这只是诸多危险中的一次，他们仰起小脸，眼巴巴地望着杨铁汉。

军军毕竟年龄小一些，他扑过来，抱住了杨铁汉的脖子，心惊胆颤地说：爸，我害怕，咱们啥时候去城里去呀？

这时，外面刮起了风，整个破庙摇摇欲坠地响成一团。盼妮和盼春也扑进他的怀里，死死地搂住他。他用力地把三个孩子抱在怀里，心里阴晴雨雪的很是复杂。组织把三个孩子交到他的手里，可眼下，上线、下线已经不复存在，想把三个孩子送出去，他就必须首先找到组织。想到这里，一个念头冒了出来，他天亮就要回到城里去，他不能离开自己的岗位；只有在自己的岗位上，组织才能派人联系上他。

天终于亮了，他冲三个孩子说：你们在这里等我，我回城里看看。过一两天，我会回来接你们。

三个孩子神情严肃地点了点头。

他拉过盼妮，轻轻地拍着她的肩头：你是姐姐，这里你最大，你要照顾好弟弟们。记住，千万别离开这里，等着我回来。

叮嘱完盼妮，他心急火燎地往庙门走去。快走到门口时，他回了一次头，看着三个孩子眼巴巴地目送着他。他停下脚步，冲他们说：饿了，就吃彩凤妈妈给你们带的饼干。

走出庙门，他小心地把东摇西晃的庙门掩上了。就快走到山下时，他的手碰到了怀里那封没有来得及送出去的信。他想了想，走到一棵树旁，在树下挖了一个坑，从衣服上撕下一块布，把信封严严实实地包上，才埋到坑里。做完这一切他仍然不放心，又搬来一块石头，压在那片新土上，这才放心地走了。

回到城里，他去了布衣巷十八号，这是组织给他安排的第一个联络点，自从搬到振兴杂货铺，他已经很少回到这里了。望着落满灰尘的屋子，他开始动手打扫起来，这里擦了，那里抹了后，他甚至把门打开，搬个凳子坐到了门口。每一个路过门口的人，他都要认真地看上一眼，他希望有人能走进来，说上一句：老家人急需白果，你这里有吗？

每当巷子里响起脚步声时，他都会神情紧张地竖起耳朵，心跳也随之加快。由远及远的脚步声没有在他的门口停留，匆匆地来，又匆匆地去了，他绷紧的神经才渐渐地松弛了下来。

忽然，他意识到不能坐着等下去了，他要走出去，把自己暴露在光天化日之下，也许这样，组织上的人才好与他接近。尽管，他清楚将自己暴露出来是多么的危险，但在这危急时刻，他已经顾不上那么多了。现在，他必须要找到组织，不为自己，而是为了那三个孩子。没有组织的日子，让他无着无落，看不到未来，也看不到希望。于是，他又一次扛起了磨刀的家什，当"磨剪子嘞，戗菜刀"的喊声在大街小巷响起时，他似乎又回到了从前的日子。大街依旧，小巷如常，只是自己的吆喝声空洞苍白，感到一点底气也没有。

杨铁汉鬼使神差地又来到了振兴杂货铺前，这里的情形没有什么变化，只是少了孩子们戏闹的身影。他站在门前，呆呆地望着眼前的一切。

门轻轻一推，就开了。他一眼就看到了屋里的抗生，抗生似乎被惊吓住了，半晌才看清他，一下子扑过来问：姐姐和哥哥呢？

他抱住抗生，像是抱住了那三个孩子，鼻子顿时有些酸。彩凤这时走过来，望着他，压低声音问：三个孩子都送走了？

他摇摇头：我把他们安顿在一个破庙里。

彩凤立时急了：你让三个孩子待在庙里，他们吃啥喝啥？

你给他们带的饼干，能让他们坚持上两天。

彩凤不说什么了。他想起什么似的问：有人来找我吗？

彩凤摇了摇头。他心里就失望了几分，当他走出杂货铺时，抗生在他身后说：让哥哥和姐姐回来吧，我想他们。

他没有回头，心里又开始记挂起那三个孩子。

他把磨刀的家什放回到布衣巷十八号，锁上门，上街买了一些吃的，急匆匆地往城外赶去。

傍晚的时候，他回到了破庙里。

推开歪斜着的庙门，里面静静的，他的心猛地一沉，大喊了起来：盼妮，盼春，军军——

他喊了半天，才听到里面有动静。三个孩子从香炉后、条案下灰头土脸地钻了出来。看到他们，心里才踏实了一些。看着孩子们狼吞虎咽地吃着他带来的东西，他冲自己发着狠说：一定要找到组织，把孩子们安全地送出去。他们是烈士留下的种子，他要对得起那些牺牲的烈士们。想到这儿，他又想起了战友魏大河，心顿时又一次沉重了起来。

那几日，白天，他把孩子们安顿在破庙里，自己进城去寻找组织。晚上，他又回来到破庙里，陪伴着那几个可怜的孩子。

他每次离开时，孩子们的目光都会远远地追着他。傍晚的时候，那几双目光又热切地迎着他的归来。刚开始，孩子们还会问：爸，啥时候把我们送走啊？

时间长了，三个孩子也变得沉默起来。他们接过吃的，安静地吃起来。盼妮是女孩子，年龄又大些，就懂事地安慰着他说：爸，咱们不急，我们在庙里待着挺好的。

他伸出手，摸着孩子们的头，心里就猫抓狗咬地难受。

当杨铁汉又一次进城，扛着磨刀的家什，走街串巷地寻找组织时，他看到了令他终生难忘的一幕。

县城那条最宽的大街被鬼子和伪军戒严了，城里的百姓交头接耳地涌到大街上，他不知道发生了什么，也随着人流涌过去。他冲人群里的一个老汉打听道：这又发生了啥事？

老汉摇摇头，叹口气说：唉，日本人又要杀人了。

杀什么人？他的呼吸急促起来。

听说是共产党，唉，来了，来了——

老汉用手指着，伸长脖子，向前望去。

他冲着老汉手指的方向望过去，就看到一群鬼子押着两个人走来，那两个人身上戴着脚镣和手铐，每走一步，就会发出"哗啦哗啦"的声音。两人走得很慢，鬼子似乎也并不着急，鬼子要的就是这种效果，他们要杀一儆百。看到的人越多，效果就越好。

那两个人越来越近了，杨铁汉几乎不敢相信自己的眼睛，他揉了揉眼睛，终于看清楚这两个人正是老葛和小邓。他几乎认不出他们了，短短的几天，他们遍体鳞伤，人也瘦得皮包骨头，可他们的表情却是从容和镇定的。他看到他们的样子，倒吸了一口凉气。

老葛和小邓微笑着，不停地望着两旁驻足的人群。

终于，老葛和小邓的目光停留在他的身上，当几双目光碰在一起的瞬间，他张开嘴，几乎要喊出来。后来，人群中就响起了一声高亢的吆喝：磨剪子嘞，戗菜刀——

那声音带着一种哭腔。老葛和小邓同时怔了一下，他们马上收回了自己的目光。老葛突然扬起头，冲着深远的蓝天，用力喊道：共产党人是杀不绝的！四万万的同胞们，让我们团结起来，把日本鬼子赶出中国去。

小邓也喊了起来：团结起来，把鬼子赶出去！

围观的人群有些骚动了。鬼子兵们举起枪托，狠狠地砸在两个人的身上。

老葛的脸上流着血，他艰难地回过头，冲着杨铁汉的方向，嘶声喊出一句：老家还等着白果下药呢。

老葛喊出这一句，就头也不抬地向前走去。

杨铁汉听了，身子颤了一下，他知道老葛这话是说给他听的。他明白这句话的含义，即使老葛和小邓不在了，"老家人"也会和他联络的。

那天傍晚，他又一次走出城门时，一眼就看到了挂在城门楼上的老葛和小邓的人头。城墙门口贴着告示，几个进城出城的人正围在那里看着。

他不知道自己是怎么走出城门的。直到远离了鬼子的视线，他抱住一棵树，哀哀地痛哭起来。

老葛和小邓就这么牺牲了，他们用生命保全了地下组织。否则，结局也许会是另外一种样子。

那晚，回到庙里，他把吃的交给孩子们后，就躲在一边，寞然地坐了许久。

半晌，他轻叹了口气，似呻似唤地说：明天，咱们回城。

孩子们听到这句话，高兴地蹦了起来。在庙里的这些日子，让他们担惊受怕够了。看到三个孩子高兴的样子，他的眼泪又一次流了下来。

第二天，他把三个孩子带回城里后，安置到了布衣巷十八号。然后，他去振兴杂货铺找到了彩凤，为了孩子们，也为了自己和彩凤，他要和她谈一谈。

他在杂货铺里对彩凤说：我把孩子们接回来了。

彩凤看着他，眼里充满了哀伤：鬼子杀地下党的事我听说了，现在，那两颗人头还挂在城门楼上。

他望了一眼彩凤，心里动了一下，他明白通过这件事，彩凤已经明白无误地意识到了什么。以前，对于他的身份，彩凤也许只是有些猜测和怀疑，但通过这一次，彩凤肯定什么都清楚了。

他清了一下嗓子，接下去说：为了三个孩子，也为了你和抗生，我还想让三个孩子过来住上一段，等条件好了，我会把他们送走。

彩凤低下头去：你应该直接把孩子们送我这儿来。你们不在，我和抗生也不安全。

他终于长长地吐出一口气来。

彩凤没有去看他，又说：别忘了，大河在县大队，他也是一名抗日战士。

# 等待组织

杨铁汉带着三个孩子又和彩凤、抗生生活在了一起。有了女人的日子是踏实的，孩子们又一次感受到了幸福。

老葛和小邓不在了，杨铁汉就此和组织失去了联系，但他坚信，组织是不会把他遗忘的，他们一定会来找他。从那以后，他更加勤奋地扛着磨刀的家什，一次次地走向大街小巷。他开始关注每一个走近他的陌生人，有几次，他几乎感受到对方就是来找他接头的，他甚至忍不住地问：您需要白果吗？

对方看着他，一脸的不解：什么白果？我是来磨刀的。

刚刚燃起的希望，又"呼啦"一声熄掉了。他不再去想什么，专心地磨刀。磨完刀后，他用力地喊一声：磨剪子嘞，戗菜刀——

声音响亮地穿透着大街小巷的每一个角落。

更多的时候，他置身于街口，好让来来往往的人都能看到他。他盯着每一个路过身边的人，希望有人能走过来，问他一句：你有白果吗？老家要急用。

这是他们的接头暗号，能够和自己的人接上头，那会是怎样的一种情形啊！可惜，这样的场景并没有出现。

白天，他有时也会回到布衣巷十八号，将紧闭的大门打开，烧上一壶水，让烟火的气息传递出去。他做这一切，只为让人发现他的存在。更多的时候，干脆就坐在门口霍霍地磨刀，他从没有这么卖力地磨过刀。"嚓嚓啦啦"的磨刀声，很有节奏地响着。当然，他做这一切也是醉翁之意不在酒。

有时半夜，他会从杂货铺悄悄溜回到布衣巷十八号。静静地躺在床上，却睡意全无，他支起耳朵仔细听着外面的每一丝响动，有几次，他似乎听到了敲门声。他爬起来，打开门，门口空荡荡的，一个人影也没有。他不相信自己听错了，用力地咳嗽一声，站在门里等待着。一阵风刮来，吹的门板响了一气。他这才意识到，刚才的门响是风刮的。

有时他在梦里，竟梦见组织派人来找他，他激动地叫起来：你们可来了——

他在梦里伸出了手。结果，他就醒了，看到自己果然把手伸了出去，在黑暗中空空地抓着。直到这时，他才明白自己是做了个梦。现实中的他，无奈地收回一双手，翻转过身去。这时，他似乎又听到有人在敲门，他又一虎身去开门。结果，自然又是失望而归。此时，外面风声正紧。

实在等得焦心，他就从地砖下掏出那封绝密的信件，捧在手里，呆呆地看上一阵子。这是组织交给他的最后一封信件，他还没来得及送出去，就与组织失去了联络。这是组织的机密，他不敢有半点闪失。从城外回到城里后，他就用猪尿脬把信封严严实实地裹了，悄悄地埋到了屋里的地砖下。

当他独自一人看着那封信时，有几次竟冲动得想去拆开那封信，就在他伸出手去的一刹那，李科长的话在耳边响了起来：地下工作者的首要原则就是保密，不该问的不问，不该知道的不要知道——

在等待组织与他联络的日子里，杨铁汉的内心是焦灼的，他的不安除了那几个孩子，更多的还源于那封没有送出去的信。这天晚上，他忽然就做了一个梦，梦见戴着眼镜的李科长正急切地望着他。他醒来后，心就乱跳一气。突然，一个大胆的想法从他的脑海里冒了出来——他要主动去寻找组织，送出那封绝密的信件。想到这儿，他激动得再也无法入睡，睁着眼等到了天亮。

天一亮，他冲彩凤交代了几句，便匆匆上路了。那个村庄他是记得的，天黑的时候，他终于来到了那个小村庄。

他刚走进村口，就被两个民兵拦住了。民兵手里拿的并不是枪，而是秃了头的红缨枪。这一切并没有影响他见到亲人时的喜悦，他伸出手，热热地叫一声：同志，我要找省委。

那两个民兵并没有和他握手，其中一个人盯着他看了半晌：你的路条？

他不解地皱起眉头：路条？啥路条？我没有。

另一个民兵就说：你刚才说啥？要找啥？

我找省委的李科长，去年在这里培训我们的李科长。

听了他的话，两个民兵对视了一眼，其中一个人打了一声呼哨。没多一会儿，就有几个同样持红缨枪的人跑了过来。

队长，有情况？来人气喘吁吁地问。

被称为队长的人摆了一下头，杨铁汉就被人抓住了胳膊，蒙上眼睛，跌跌撞撞地被带到了一个房间里。屋里的桌子上飘忽着一盏油灯，迎面端坐着一位长着胡子的汉子。他看到这个人时差点叫了起来，这人正是胡村长。他在村里培训的时候，胡村长见过他。这一发现，让他惊喜无比，他叫一声：胡村长，你不认识我了？

胡村长上上下下地把他打量了一遍。

我去年在这里培训时，你还来看过我们。

胡村长似乎想起了什么，欠了一下身子，就要伸出手时，又谨慎地把手缩了回去。

胡村长看了他一眼，慢悠悠地说：就快黎明了，黑暗还能持续多久呢？

胡村长说完这句话，就一脸期待地望着他。凭他在地下组织工作的经验，他知道胡村长说的是一句暗号，可他并不知道如何去对这句暗语。

他愣愣地说：我要找省委的李科长，我有重要的事情向他汇报。

胡村长就站起身说：什么李科长？我不认识。

他急得搓起了手：就是去年在这里培训我们的李科长。

胡村长不说话了，背着手，深沉地看了他一眼，打了一声呼哨，两个持红缨枪的人闯了进来。

胡村长威严地下了命令：把他带走，哪儿来的送回哪儿去。

进来的两个人，不由分说架起他的胳膊，把他带了出去。

他不甘心，回过头冲胡村长说：村长，我真是要找李科长，有重要的事情向他汇报。

没有人再答理他的话茬儿，他被推搡着到了村口。当时的他还不知道，省委特工科前几天刚遭到敌人的破坏，李科长和一些同志也被捕了。这时候他又来找李科长，不能不引起人们的怀疑。事实上，胡村长对他还是有印象的，否则，他也就不可能离开这个村子。

这是黎明前最为黑暗的一段时间，地下组织不断地遭到破坏，八路军县大队也被迫转移到了山里。不久之后，李科长和他的同志们就遭到了敌人的杀害。

这一切，杨铁汉不得而知。当他被手持红缨枪的人押送到村口时，他清楚地意识到，自己再也见不到李科长了。

无可奈何的杨铁汉，只好悻悻地又一次空手而归。

回到城里，他像丢了魂一样，坐在布衣巷十八号的院子里，一坐就是半晌。特别是看到那三个孩子时，他更加显得六神无主，坐立不安。眼前的孩子和那封绝密的信件，这都是组织交给他的任务，现在，他一件也没有完成，他的心沉重得像压了块铁砣。

彩凤看着他焦灼、痛苦的样子，再看看那几个孩子，也只有在心里一遍遍地叹气。

看着身边愁眉不展的彩凤，他不安地说：这三个孩子可是给你添麻烦了。

他知道，现在的彩凤除了照应杂货铺和抗生，还要承担起母亲的责任，照顾着一大家人的生活。

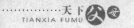

　　彩凤听了他的话，半晌才幽幽地说：你这样也不是为了你自己。

　　彩凤的话就让他想到了牺牲的魏大河，想着自己对大河的承诺，他的心又"别别"地跳了几下。大河把照顾彩凤和抗生的担子交给了他，可现在他却什么也做不了，想到这儿，他就感到无比的愧疚。于是，他由衷地对彩凤说：彩凤，我对不住你和抗生，以后，我一定加倍补上——

　　彩凤打断他的话：铁汉，你不用这样，你是大河的战友，我相信你。

　　提到大河两个字，两个人就沉默了。自从上次彩凤寻找大河未果，她有了一种不好的预感，做起事来也经常走神，常常一个人愣怔上好半晌。杨铁汉看在眼里，却又不知说什么好，他知道，彩凤又在惦念着大河。她越是这样，他就越发无法把大河的真实情况说出来。彩凤不知道真相，她就还有一分念想。除此之外，还有一个更重要的原因，那就是他此时的身份。关于他的身份，彩凤也许意识到了什么，但她却不能肯定。如果这时把大河的真实情况说出来，也就暴露了他的身份。这是组织纪律所不允许的。于是，在彩凤面前，他只能保持着沉默。

　　杨铁汉像一只断了线的风筝，无依无靠，他感受到了前所未有的孤独和茫然。眼下，他只有一个目的，那就是想方设法找到组织。没有组织的生活，让他变得杂乱而又盲目。他要找到组织，然后把三个孩子和那封信及早地送出去。只有这样，他才能完成自己的工作。

　　现在，三个孩子每天都对他充满了期待。每当他扛着磨刀的家什迈出门槛时，孩子们都热切地跟在身后，目送着他出门。可看到他回来时垂头丧气的样子，孩子们的眼里也盛满了失望。

　　幸好，现在的生活是安全、踏实的，孩子们慢慢也就学会了等待。

　　在和组织失去联系的日子里，杨铁汉最终想到了县大队，县大队也是他最后一张底牌了。想起县大队，他的心里就有一种复杂的情感——是县大队让他成了一名抗日战士，可离开县大队时，因为工作的关系，竟没有来得及与战友们告别，就神秘地从县大队消失了。正是在绝望之中他想到了县大队，他希望通过县大队可以联系到省委。这个想法一经冒出，他就再也等不下去了。

出发前，他和彩凤认真地谈了一次。他告诉彩凤，他要出一趟门。在这段时间里，他不断地往外跑，每一次出去，彩凤并不多问什么，只是用担忧的眼神看着他远去。每当他失望而归时，彩凤仍然不去多说什么。

这一次，看着面前的彩凤，他像是下了决心，终于说：我要去找县大队。

彩凤听到"县大队"几个字时，眼睛猛然亮了一下，声音略有些颤抖地问：那你能见到大河了？

他没有点头，也没有摇头，望着彩凤心里很不是个滋味。

见到大河，你就告诉他，我和抗生都好，让他安心打鬼子。不方便进城，就别让他看我们娘儿俩了。

他望着彩凤，鼻子一酸。

那我就走了，孩子们就交给你了。

你等一下。

彩凤说完，从货架上取了一瓶酒递给他：大河就爱喝酒，这长时间没回来，不知道馋成啥样了。你给他带去。

他接过彩凤递过来的酒，忙转过身去：那我就走了。

彩凤脆亮亮地应了一声。

就这样，他开始了又一次的出门远行。


寻找县大队，他心里是有数的，他在县大队待了四年，从战士一直干到排长，对县大队的行动了如指掌，知道县大队经常会在哪一带活动，就是那里的堡垒户他也都很熟悉。

很快，他在小邱庄找到了村东头的孙大爷。以前，他们到小邱庄，

都是在孙大爷家落脚，大队部也临时设在这里，他经常帮大爷劈柴、担水，应该说和大爷一家都很熟。

当他敲开孙大爷家门时，开门的果然是孙大爷。孙大爷怔怔地看了他半晌，他叫了一声：大爷，我是铁汉。

孙大爷抹了一把眼睛，赶紧把他拉到屋里，上上下下地把他看了，才一脸惊怔地说：铁汉，你没牺牲？

孙大爷这么说，让他惊讶得张大了嘴巴。

孙大爷说：县大队又来过几次，你和大河都不在队伍里，我就到处打听，有人说你牺牲了，也有人说你失踪了。

这时，他才恍然大悟。他不想和孙大爷多解释什么，只是说：大爷，我去执行任务了。

孙大爷也不多问，从头到脚地又把他看了一遍，又一次拉住他的手，喃喃着：铁汉啊，活着就好。

接下来，他就向孙大爷打听县大队的情况。孙大爷睁大眼睛问：咋的，县大队的事你没听说啊？

他心里一惊，忙问：县大队咋了？

孙大爷就抹开了眼泪，蹲下身子，默默地卷了一支烟，半晌才说：听说城里出了叛徒，送出了假情报，县大队去阻击鬼子时就被包围了。那仗打了一天一夜呀，我们听着那枪炮声都揪心死了。

他的胸口一阵憋闷，仿佛呼吸都变得困难了。

孙大爷用袖子使劲儿擦一把眼睛，说：后来县大队总算突围出来，结果只冲出来十几个人，肖大队长牺牲了，刘政委也受了重伤，一直昏迷着。

那现在县大队在哪儿？

孙大爷把烟屁股狠狠地用脚踩了，红着眼圈说：听说突围后，就和外县的县大队合并了，他们很久都没有到这里来了。

他抓住孙大爷的胳膊，急切地追问：大爷，您知道是和哪个县大队合并的吗?

孙大爷摇摇头：不知是哪个县大队。县大队吃了叛徒的亏，元气大伤啊！

他这才明白，老葛和小邓是遭到了叛徒的出卖。叛徒不仅出卖了他们，同时也出卖了县大队。他站在那里，一时不知说什么好。

他不知道自己是如何离开孙大爷家的。一路上，魔怔地往前走着，眼前不停地闪现着县大队里那些熟悉的面孔。

他不知道在外面转了几天，最后就来到了魏大河的坟地。坟头上的草黄了，又绿了。他坐在大河的坟前，恍然就像坐在大河的身边，他悲怆地喊一声：兄弟，我来看你来了。

他拿出彩凤带给他的酒，慢慢地洒在大河的坟上。

做完这一切，他的眼泪就止不住地流了下来。他一边流泪，一边说：彩凤让我告诉你，他们娘儿俩都好，不用你惦记。

他抹了一把泪，又说：大河啊，咱们的队伍没有了，让叛徒给出卖了。肖大队长牺牲了，刘政委也受了重伤——

大河沉默着，只有坟头上传来沙沙作响的草声。

他还说：我现在是没有组织的人了，大河啊，我再也找不到组织了。

说到这里，他捂住脸号啕大哭起来。这么长时间里，所有的委屈都化作了汹涌的眼泪，肆意地在大河的坟前流淌着。

不知过了多久，他渐渐平静了下来。这时，太阳已经西斜，红彤彤地映着西边的山峦，他慢慢地站起身，一个趔趄，竟差点让他摔倒。他扶住身边的一棵树，此时的心情空前绝后地空落，无依无靠。

呆定片刻，他伸出手，给大河敬了个礼。

下山的时候，天已经黑了下来。他不知怎么就又走到了那座破庙里，这时的城门早已经关上了。

他躺在四处漏风的庙里，很快就睡着了。接下来，他就做了一个

梦，梦见大河流着泪，冲他说：铁汉，你对不起我，我交代给你的事你没有完成。

在梦里，他想辩解，可又不知如何辩解。他看着大河流泪，自己也跟着流泪，大河还说：铁汉，你别忘了我们发过的誓言。

他说：我没忘。

大河执拗地说：你忘了。我知道，你把装着诺言的子弹壳埋到了地下。

他哭着喊着，人就醒了。他抹了一把脸，脸上湿漉漉的。

他再也睡不着了，睁眼闭眼的，全是县大队那些战友们的身影，他们依次地在他眼前闪过，不停地喊着他的名字。他一边流泪，一边哽咽着，一时不知自己是在梦里还是梦外。

天亮的时候，他走在回城的路上。一路上，他想了许多，又似乎什么也没有想起来，脑子里只有一个念头——他要去见彩凤，去向她说出一切。

他回城的第一件事，就是回到了布衣巷十八号，从地砖下取出了那枚子弹壳。他小心地从子弹壳里抠出了大河留给他的纸条，看着上面的一行字，他的眼泪又一次夺眶而出，一切恍惚又回到了昨天。很快，他把纸条又塞回到子弹壳里，放到怀里，匆匆去了振兴杂货铺。

远远地，他就看到了正在铺子前玩耍着的孩子们。望着几个孩子，他忽然觉得自己一点儿力气也没有了，腿像铅一样沉。孩子们这时候也看到了他，盼妮先是惊叫一声：爸，你回来了？

听到这一声喊，他差一点儿流出了眼泪，他知道，自己一次次地去寻找组织，就是希望尽快给孩子们找到安全的归宿，可现在，组织一时半会儿是找不到了。看着孩子们渴盼的眼神，作为他们的顶梁柱，他决不能让他们受一丝半点儿的委屈。

想到这儿，他蹲下身，张开胳膊，把孩子们拥在了怀里。他努力地做出高兴的表情，冲他们说：爸回来了，以后爸再也不离开你们了。

彩凤这时也走了出来,希望又有些犹豫不定地看着眼前的一幕。他看着彩凤和抗生,心里又"别别"地乱跳一气。

那天晚上,孩子们睡下后,他轻轻地冲彩凤说:我有事要对你说。

彩凤点点头,端着一盏油灯,从里屋走进了杂货铺。

他拉过一只凳子,放在彩凤面前。彩凤刚一坐下,就急切地问:找到县大队,见到大河了?

他摇摇头,彩凤就一脸失望的神情。

他看着彩凤的眼睛说:彩凤,有件事我要告诉你。以前我一直瞒着你,今天,我要对你说实话。

彩凤的表情立时紧张起来。他把怀里的那枚子弹壳拿了出来,又从里面小心地取出了那张纸条。彩凤看了他一眼,他沉默着把那张纸条递给了彩凤。

彩凤看了一遍,又看了一遍。当她再抬起头时,脸就白了。她抖着声音说:这是大河的字,我认得。

他猛吸了口气道:这是大河留下的。

她看着他:咋,大河不在了?

他点了点头,向彩凤讲了大河牺牲时的情形。当他说到两个人许下的承诺时,早已是声泪俱下。他说:彩凤,你放心,大河不在了,这个家还有我呢。以后,我不会让你和抗生受一点委屈,有我杨铁汉吃的,就不会让你们饿着。

彩凤捂住嘴,压抑地哭着。

他望着彩凤,一时不知说什么好。

过了半晌,彩凤终于缓过一口气来,撕心裂肺地冲着那张纸条说:大河啊,你咋就忍心扔下我们娘儿俩呀!你跟我说过,等把小日本儿赶走了,就回来跟俺娘儿俩过日子——

那一夜,他的耳边一直响着彩凤压抑的哭声。

他坐在黑漆漆的杂货铺里,睁着眼睛想了一夜。

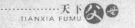

# 生活

第二天早晨，彩凤红肿着眼睛，把四个孩子聚集到了一起。她看了眼孩子，又看了眼杨铁汉，突然对孩子们说：你们都跪下。

孩子们不明白发生了什么，一脸不解地望着她。

她走到抗生身边，踢了一下抗生的小腿，抗生腿一软，就跪下了。军军最小，也是最听话的孩子，见抗生跪下了，也学着抗生的样子跪了下来。接着是盼妮和盼春。不只是孩子们不解，一边的杨铁汉也疑惑地望着彩凤。

彩凤指着杨铁汉，冲孩子们说：你们都记好了，以后他就是你们的爹，我就是你们的娘。

孩子们你望望我，我望望你，又一起把目光投向了彩凤。

彩凤红着眼睛，苍白着面孔问：你们都听清了？

孩子们点点头。

彩凤这时又说：那你们现在就叫一声。

孩子们高高低低地喊了声"爹——"

彩凤似乎很不满意，冲孩子们说：大声点儿。

孩子们这次齐心协力喊了起来。

彩凤终于长嘘了口气。

抗生这时就流起了眼泪，几个孩子都站起来了，他仍跪在那里，抬起着，仰着一张泪脸说：俺有爹，俺爹叫魏大河。

彩凤挥起手，结结实实地打了抗生一巴掌，哽着声音说：让你叫你就叫。

在抗生的记忆里，母亲这是第一次打他，他白着一张脸，惊恐不安地望着母亲。

杨铁汉走过去，把抗生抱起来：你这是干吗？孩子说的没错。

彩凤背过身去，抹起了眼泪。另外三个孩子看着彩凤，又看看杨铁汉，他们不明白到底发生了什么。

从这以后，日子似乎变得稳定了许多，杂货铺的生意却越来越不好，有时一天也不见一个买主，彩凤就搬了凳子坐在门前，一边看着玩耍的孩子，一边热情地招揽着生意。这时，一个伪军摇晃着身子走过来，彩凤忙堆起笑脸，招呼着：老总，想买点儿什么？

伪军不看彩凤，径直走进杂货铺，拖长了声音说：买烟——

彩凤忙把一包烟放在伪军面前，伪军伸手把烟抓了，转身就往外走。

彩凤追出去赔着小心：老总，你们还没给钱呢。

伪军就横着眼睛把彩凤看了，大着声音说：记账。

说着，横着身子走出了杂货铺。

彩凤知道，这是又碰到无赖了。她眼看着伪军大摇大摆地走出了杂货铺，却又无可奈何。刚才的一切被四个孩子看到了，孩子们也感受到了目前生活的拮据，以前的饭桌上还能见到粮食，现在，星星点点的粮食只能和菜熬在一起喝了。

孩子们看到菜粥时，上桌前的勃勃兴致就冷了下来，埋头喝着碗里的菜粥。彩凤这时就叹口气，柔声说：等有人买咱家东西了，妈就给你们买米去。

孩子们从不会抱怨什么。第二天，几个孩子就不在门口疯跑了，而是不停地向路人招揽着生意，他们争先恐后地说：叔叔，大爷，去店里买点儿东西吧。

那些叔叔、大爷瞟一眼杂货铺，下意识地摸了摸空空的口袋，低着头，快步走了过去。孩子们就很失望。一会儿，看见又有人走过来，他们就又满怀希望地喊下去：大娘、大婶，进来看看吧。

大娘、大婶脚都不带停地绕道走了过去。

孩子们一次次喊着，一次次无果而终。

这时，终于有两个伪军走进了杂货铺，孩子们顿时又有了希望。结果，他们发现那个伪军烟拿了，却并没有给钱。

盼春毫不迟疑地就扯住了伪军的一只胳膊，嚷嚷着：你还没给钱呢，把烟还给我们。

伪军已经把烟叼在了嘴上，他看见盼春，刚开始还觉得可笑，但看到盼春不依不饶的样子，就挥起了胳膊，一下子把盼春甩倒在地上。

盼妮、抗生和军军也冲了过去，这个抱腿，那个扯衣服，团团地把伪军围住了，几个人七嘴八舌地喊：给钱，给钱！

伪军一下子恼火了，三下两下把几个孩子推倒在地上，扬长而去。

孩子们跌坐在地上，一边哭，一边喊着：你还没给烟钱哪。

彩凤奔过去，把孩子们扶起来，给这个擦擦眼泪，给那个拍拍身上的土，安慰着孩子：别哭，他们不给钱，还有给钱的呢。等有了钱，妈就给你们买米去。

杨铁汉为了糊口，也不能只是磨刀了。日本人占领这里后，不仅百姓们的生计受到影响，就连小鬼子出城扫荡，也抢不来什么东西了。最初，日本人还能从老百姓的家里抢来粮食，或从乡下抓回一两头猪羊，现在，老百姓自己都饿得只剩下一张皮了，哪里还有东西给他们抢呢。于是，城里的鬼子们也开始为生计发愁。城里已经没有人大张旗鼓地做米面生意，只在私底下偷偷地做些交易。老葛没有牺牲前，杨铁汉经常能在老葛那里拿到一些活动经费，生活倒也能过得下去。现在，与组织失去了联系，一切就变得困难重重。

杨铁汉一边吆喝，一边磨刀。人都快吃不上饭了，还有谁来磨刀呢？有时候，转悠上一天，也见不到一两个磨刀的。

杨铁汉每天还是扛着磨刀的家什出来，但更多的时候还是干些别的零工，帮人扛东西、送煤什么的，还替人抬过死人，至少干这些活，每次还能换回一些铜板。他把这些铜板严严实实地塞到了腰间。太阳西落的时候，他走进了市场。在这里卖菜的都是些乡下来的农民，为了赶着天黑前出城，及早卖出手里的剩菜，菜价往往就很便宜。

杨铁汉就经常赶着这个时候来买菜。他并不急于买菜，而是耐心地等在那里，等着去捡菜贩离开后，丢下的菜帮和菜叶。等着捡拾垃圾菜的并不只是他一个，候在一边的人们一哄而上，像一群饥饿的难民。刚开始，他伸出去的手有些犹豫，可一想到家里等着吃饭的孩子，他坚决地把手伸了出去。等他看着空荡荡的地面，抬起头来，望着那些悻悻而去的人们，再看看手里抓着的一把烂菜叶，他有种想哭的感觉。

回到家，他把菜交到彩凤手里时，心里的难过与愧疚几乎达到了顶点。他小声地冲彩凤说：今天没有买上米。

彩凤看他一眼，叹口气说：没啥，现在好多人家都吃不上粮食了。

清汤寡水地又对付一顿之后，孩子们就早早地睡下了。

彩凤端了一盏油灯到店铺里，坐在灯下补衣服。四个孩子的衣服不是这个破，就是那个破的，已经够她忙活的。她为了补贴家用，又在外面找了缝补衣服的活，晚上赶着缝好，一早还要给人家送过去。

杨铁汉空有一身力气，却帮不上彩凤的忙，在一旁就显得很难受的样子。彩凤就说：你早点睡吧，明天一早还要出去呢。

他伸出手，猛地捶一下自己的腿，喃喃道：都是我和孩子们拖累了你。

彩凤用牙齿咬断手里的线，抬起头来：铁汉，你别这么说，要是没有你，我们娘儿俩也不知该咋过下去。

杨铁汉就蹲在地上，深深地把头抱住了，嗡着声音说：彩凤，我答应过大河，我要让你们娘儿俩过上好日子。

彩凤没有说话，眼里噙满了泪。

杨铁汉愈发得体会到了肩上的担子有多重。他每天早晨离开家时，扛着沉甸甸的磨刀家什，心情万般复杂。踏出家门的一刻，他就在心里一遍遍地想：也许今天组织就会派人来找他了。有了组织，他的心里就有了底，他就什么都不怕了。想到这时，他就亮起嗓子，喊一声：磨剪

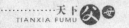

子嘞，戗菜刀——

他一边卖力地吆喝，一边关注着每一个路人，他觉得那些向他投来目光的人，都有可能是组织上派来的。他等待着对方向他说出那句特殊的暗语，然后，他就及时地接上下一句暗语。暗号对上了，对方就一定是组织上派来的人了。他在心里把这样的情形演练了一遍又一遍，生怕组织派人来找他接头时，他一个闪失，错过了与组织联络的机会。

他每天都会回到布衣巷十八号转一转，看一看。他站在门前，小心地看门上或门缝里有没有人留下的特殊痕迹，然后，才推开门，走进屋里。

回到屋里，他就把藏有信件的地砖挪开，小心地在里面摸起来，直到那封信还原封不动地躺在那里，他一颗不安的心才踏实下来。那封信看起来很轻，捧在手上却重得像座山。想着这份组织的机密还没有来得及送出去，自己就与组织失去了联系。如今，它正静静地躺在他的手里。

他看一会儿，想一会儿，又把那封信藏到了地砖的下面。他走到院子里，呆呆地想着心事，这时，他似乎又听到有人在敲门。他扑到门边，一把拉开了门，看到的却是空荡荡的小巷，连个人影也没有。他不相信似的望上一气，又望上一气，才快快地回到屋里。

这时候，他忽然想起了老葛，竟鬼使神差地到了那家熟悉的药房。自从老葛牺牲后，药房就被日本人给封了。现在，药房被日本人强占后又重新开张了，一个留着仁丹胡子的日本人当上了药房的掌柜，整天叉着腰，横着眼睛看着过往的每一个路人。

杨铁汉走到药房门口，看到那个耀武扬威的日本人，狠狠地吐了口痰，头也不回地走了。

## 投降

日本人投降得很突然。

那天早晨，杨铁汉又像往常一样，扛着磨刀的家什走在街上的时候，突然发现往日趾高气扬的日本人不见了踪影，就连伪军也看不见了。大街上空空荡荡，整个县城出奇地安静。有三两个百姓站在自家门口，交头接耳地议论着什么。杨铁汉的心很快地跳了两下，意识到有大事情要发生了，这时候，他听到人们说：日本人投降了。

当他走到街心的时候，看到好多老百姓都涌出家门，朝日本兵营跑去。他也被裹挟在人流中到了日本兵营的门口，他看到了眼前真实的一幕——昔日飘扬在日本兵营上空的膏药旗不见了，包括日本兵营门口的岗哨也不见了，日本人正齐齐地跪在院子里，哀号一片。

人们跳着脚，一遍遍地喊：日本人投降了，小鬼子投降了——

有人性急地燃放起了爆竹，噼里啪啦的爆竹声和着日本人的哀号，让杨铁汉几乎不敢相信自己的眼睛。他使劲儿地揉着眼睛，这时，他想起什么似的向伪军的营院跑去。

伪军的院前同样聚集了不少看热闹的人们，伪军们把枪扔了，有的干脆把自己装扮成百姓的样子，跳墙往外跑。

人们不停地往院子里扔着石头。几个仓皇往外跑的伪军被人们围住，又是吐口水，又是砸石头的。杨铁汉这时就看到了那个胖厨子，胖厨子穿了件紧巴巴的衣服，缩着脖子跑出来。当即就有人冲上去，揪住了他的脖领子，又是踢又是踹的。胖厨子磕头作揖地讨饶：各位老少爷们儿，求你们放过我吧。我就是个做饭的，从没有朝中国人放过一枪啊！一边说，一边把头磕得"砰砰"响，忽然，就在他抬头的一瞬，他一下子看到了站在人群里的杨铁汉，就像见到救星似的扑了过去：磨刀的，你给我磨过刀，你可要给我作证啊——

杨铁汉对胖厨子印象不坏，而且还通过他的嘴巴套出了有价值的情报。想到这儿，杨铁汉从人群里挤出来，对众人说：他真是做饭的，放他走吧。

听了杨铁汉的话，胖厨子也脸红脖子粗地解释着：我就是混口饭

吃，我真没做过对不起中国人的事。出来干这个差事也是没辙，我家里也是上有老、下有小啊——

胖厨子在人们的谩骂声中，灰溜溜地走了。

这时候，已经开始有人冲进了伪军的营院，把那些丢了一地的枪，一把火点了。

杨铁汉转身往回走去。刚开始，他还是走，后来看到许多人在跑，他也跑了起来。他一口气跑回到杂货铺，看见彩凤正在卸门板。他跑过去，把肩上的磨刀家什扔到地上，气喘吁吁地说：彩凤，日本人投降了。

铁汉你说啥？彩凤不相信似的问。

日本人投降了。杨铁汉怕她不相信，又说：我刚从日本人的兵营里回来，是真的！

彩凤手里的门板，"哐当"一声，掉在了地上，嘴里喃喃着：日本人投降了，日本人终于完蛋了。

彩凤说这些时，眼泪也随之流了出来，她突然坐在了地上，抱住头，仰天大喊：大河，你看到了吗？日本人投降了。

这时的彩凤，从默然地流泪一下子变成了号啕大哭。不明真相的孩子们听到彩凤的哭声，一起跑了过来，看到彩凤妈妈这个样子，他们也跟着大哭起来。

杨铁汉看着眼前的景象，也流下了热泪。

接下来的两天，城里就发生了许多大事。先是国民党部队开进了城里，他们接管了日本兵营，将青天白日旗高高地插在了房顶上，满大街走动的都是国民党的士兵。后来，八路军也赶到了城里，小小的县城一时间进驻了这么的队伍，顿时显得热闹却又有些乱套。

杨铁汉知道日本人投降后，他就赶回到了布衣巷十八号。他把门窗大张旗鼓地打开，等着组织派人前来接头。他又一次把那封信从地砖下取出来，小心地看了又看，然后，他把信捧在胸前，喃喃地对自己说：

这回就能找到组织了。

可一连几天过去，仍没有人来找他接头，直到听说八路军的队伍进城了，他才从布衣巷十八号走出去。既然八路军进城了，他就一定能见到县大队，通过县大队也就一定能找到组织。

八路军进城后，杨铁汉打听到这是八路军冀中独立团，团长姓武。在县大队的时候，他就听说过冀中独立团，这是八路军的正规部队，打了许多大仗和胜仗，日本人当初最怕的就是独立团了。

当他找到独立团时，武团长接待了他。武团长是一个四十多岁的中年汉子，战争的历练让武团长身上有一股军人的英武之气。他一看到武团长，就想到了肖大队长，肖大队长也是这种气势。他向武团长打听县大队的情况，武团长告诉他，县大队已经和独立团合并了，现在是正规部队。他说出刘政委的名字时，武团长怔了好一会儿才说：你说的是县大队的刘旺财政委？

他肯定地点点头。

武团长有些伤感地告诉他，刘政委已经牺牲了。

他一口气又说出几个县大队战友的名字时，武团长似乎有些想不起来，他让通信员拿出了一本烈士花名册。在这本花名册里，他看到了许多熟悉的名字，这才意识到，那些昔日的战友们都已经不在了。

县大队在与独立团合并前，曾和敌人打了一场恶仗，几乎全军覆没，只剩下十几个人突围，冲了出去。肖大队长牺牲了，刘政委身负重伤，不久也牺牲了。后来，那十几个人就被收编到独立团，此时，那十几个战友的名字赫然写在独立团阵亡士兵的花名册里。也就是说，昔日的县大队已经不复存在了。

他不知自己是如何离开独立团的，直到走进杂货铺，看到彩凤和孩子们，他再也抑制不住地哀号起来。他一边痛哭，一边撕心裂肺地喊着：都不在了，他们都不在了，就剩下我一个了——

彩凤和孩子们一脸惊诧地望着他。

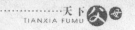
　　半晌过后，他清醒了过来，想到那封还没有送出去的信和眼前的孩子们时，他用力擦干了眼泪。他坚信，迟早有一天，组织会派人来找他的。

　　那天晚上，彩凤安顿好孩子后，找到他认真地说：我想去看看大河。

　　他望着她，良久，点点头说：我带你去。

　　彩凤的眼里又有了泪，那一夜，她几乎没有合眼，坐在屋子里，痴痴呆呆地想了一夜。

　　第二天早晨，彩凤在杨铁汉的陪同下出发了。

　　杨铁汉轻车熟路地找到了魏大河的墓地。此时，墓地上的草已经黄了，风吹着秋草发出沙沙的声音。他站在魏大河的墓前，清了清嗓子说：大河，彩凤来看你了。

　　说完，他转过身去。

　　彩凤似乎很平静，她蹲下身去，慢慢地用手捡掉落在坟上的枯叶。然后，从带来的包袱里取出一瓶酒，把酒点点滴滴地洒在坟前。

　　做完这一切，彩凤坐下来，开始烧纸。她一边烧纸，一边盯着大河的坟头：大河，你说过要让我们娘儿俩过上好日子，你还说，等把日本人赶出中国，你就回来跟我们过日子。

　　彩凤还说：大河，现在日本人投降了，我们娘儿俩还等着你呢，你咋睡在这里就不起来了？我们娘儿俩天天盼，夜夜想，等你和我们回去过日子呢。

　　此时的彩凤已经哭了成泪人，红红的火光映着她有些苍白的脸。

　　一旁的杨铁汉眼泪也止不住落下泪来，他看着躺在那里的魏大河，也看着哀哀哭泣的彩凤。

　　彩凤的纸已经烧尽了，她仍然坐在那里，望着大河的坟哭一阵，说一阵。

　　她还说：抗生都六岁了，你走时他才半岁，你回家时说过一阵就回来看看。可你说话不算数，你这一去就再也回不来了。抗生天天都喊着找你，你咋就不起来了呢——

彩凤再也说不下去了，她趴在大河的坟上，似乎耗尽了所有的气力。

最后，杨铁汉走过来，扶起彩凤：彩凤啊，以后再来看大河吧，孩子们还等着呢。

彩凤这才软软地立起身子，哽咽着：魏大河，我恨你，我恨你说话不算数！

说完，两眼直勾勾地盯着大河的坟。

杨铁汉也立在坟前，声音很大地说：大河，我说过的话我不会忘。你把他们娘儿俩托付给我，我会一生一世地照顾他们，有我吃的，就不会让他们饿着，你放心吧。现在，日本人走了，大河你也该闭上眼，好生在这里歇着吧。

说完，他深深地弯下腰，给大河鞠了一躬。

他回过身，去招呼彩凤时，看见彩凤挎着包袱，头也不回地走了。

日本人投降后，老百姓的日子的确过得舒心了一些。杨铁汉每天按部就班地扛起磨刀的家伙，走街串巷地吆喝着。日子也就在这单调而悠长的吆喝声中，一天天地过着。

彩凤一心一意地照顾着杂货铺的生意。日本人投降后，人们就有了过日子的心情，生意眼见着一天比一天好了起来。

有时候，杨铁汉回到杂货铺，望着眼前的彩凤和大大小小的孩子们，心里就生出了一个大胆的想法。从情感上说，这些孩子早已经和他成了真正的一家人。而彩凤和抗生，自从大河将他们托付给他后，他也早已从心底将他们当成了自己的亲人。现在，大河不在了，身为男人，说出的话如同泼出去的水，他要说到做到，就像大河生前一样，让彩凤母子过上踏实的日子。想到这儿，他决意要娶彩凤，也只有这样，他才能完成对大河的许诺。

这个想法一经冒出，他就无端地又想到了小菊。

# 舍身成仁

国民党的部队和八路军的独立团同时开进县城，让小小的县城着实热闹了一阵子。

杨铁汉知道，国民党是八路军的友军，现在是两支队伍同时进了城，但未来的局面何去何从，他的心里也没个底。在县大队的时候，他们也曾和国民党友军合作过几次战斗，那时，他就感觉到，国民党的部队为保存自己的实力，并没有真心抗日，只是虚晃一枪，转身就跑。现在，日本人投降了，国民党又大摇大摆地开进城里，开始接收日本人的投降。八路军独立团则只接收伪军的投降，说伪军投降有些夸张，事实上，还没等八路军进城，伪军早就跑得跑，逃的逃了，只剩下一个空空的营院。

独立团并没有在城里久留，很快，他们就撤出县城，据说向东北开进了。

后来，杨铁汉又听说，国民党的部队和共产党的八路军都在各自调兵遣将。又是没多久，国共两党不再合作，而是兵戎相见。又一轮厮杀开始了。

独立团撤走后，城里进驻了一批国民党的部队，队伍一进城就到处招兵买马，加固城墙，整个县城就成了国民党的天下。

日本人投降后，八路军独立团大张旗鼓地开进县城，曾给杨铁汉寻找组织带来一缕新的希望。那些日子，他扛着磨刀的家什，勤奋地走街串巷着。磨刀师傅的身份是他的一种标志，日子再难，他也没有放弃过磨刀。为了让组织更容易地找到他，他不能轻易改变自己的身份。他一路吆喝着，将自己洪亮的声音，传递到每一条大街和小巷。

然而，让他始料不及的是，他不但没有等来组织，反而眼睁睁地看着八路军独立团在一天清早，神不知、鬼不觉地撤出了县城。看着队伍从他眼前消失的那一刻，他的心空了。他蹲在地上，一边流泪，一边喃喃自语着：咋就走了呢？

后来，他才知道，八路军独立团开赴东北后，就被改编成了东北自治联军。又是没多久，全国的八路军改编成了解放军。从此，八路军的番号便永远地告别了这支队伍。

战争又一次打响了。虽然县城里还没有打仗的迹象，但前方的战事直接影响着县城里的变化。走了日本人，又来了国民党，国民党部队的烧杀抢掠起来也与日本人不相上下，百姓的生活并没有好到哪里去。

振兴杂货铺里经常有国民党的士兵光顾，他们醉醺醺地闯到店里，拿烟拿酒，翻东找西，却并不给钱，彩凤就赔着小心：老总，还没给钱哪。

一个排长模样的人头也不回地说：记账，下次一块儿给。

彩凤上前去拉他：我不认识你，下次咋给？

排长不高兴了，抬起身，把彩凤推了一个跟头。

盼春和抗生见彩凤跌倒，一起扑了上去。盼春抱住那个排长的腿，抗生狠狠地在排长的手上咬了一口。

排长惨叫一声，扔掉了手里的烟，酒劲儿也立刻清醒了大半，他一脚踢开盼春，猛一甩手，把抗生甩了出去。恼羞成怒的排长还拔出了手枪，冲两个孩子挥舞着：妈了个巴子，看老子不一枪崩了你们。小兔崽子，还反了你们了。

彩凤这时已经爬起来，用身体护住两个孩子，苍白着脸说：老总，别开枪，他们还是孩子。

排长借着酒劲儿不依不饶地说：啥孩子，我看是两个小共党，我非崩了他们不可。

这一幕正好被回来的杨铁汉看到了，他扔掉肩上的东西，一步跨过来，横在彩凤和孩子的面前：老总，有啥事你冲我说，我是这家的

男人。

排长就把枪抵到了杨铁汉的头上，嘴着喷着酒气说：我一枪就能崩了你，你信不信？

杨铁汉闭上了眼睛，咬着牙说：我信！

彩凤这时从地上捡起烟冲过来，把烟塞到排长的手里，脸上堆着笑：老总，烟你拿走，有空就常过来，我现在认识你了。下次你来拿烟拿啥都行。

排长似乎也并不想把事情闹大，拍了拍手里的烟，收回了枪：这还是句人话，老子在前方卖命，说不定啥时候就吃枪子儿了，拿你们烟抽抽还能咋的？

说完，悻悻地走出杂货铺。

孩子们心有余悸地你看看我，我看看你。抗生突然抱着彩凤的腿，"哇"的一声哭了，一边哭，一边说：妈，他们当真就这么欺负咱们，拿咱家东西不给钱啊？

彩凤把抗生抱起来，擦了一把眼角的泪水，低声哄着抗生。

盼春的胳膊在跌倒时擦破了，杨铁汉小心地给他上着药。然后，他抬起头来，眼里满是愧疚地望着彩凤：彩凤，我没有保护好你们。

彩凤看了他一眼，什么也没有说，拉着两个孩子进了里屋。

杨铁汉长久地蹲在杂货铺的门前。这时，他又一次想到了大河，想起当时和大河相互许下诺言时的豪气与感动，心里便一颤一颤的。然而，现实生活往往并不像他想象得那般简单，现在的他不但没有给彩凤和抗生带来一丝帮助，反而给这个家带来了莫名的烦恼和不安。组织上把三个孩子交给他后，他便与组织失去了联系。孩子们一天不能安全地送走，他的心就一天不得安宁，彩凤也就跟着担惊受怕。就在他走街串巷，苦苦地寻找着组织的时候，他却意外地碰到了小菊。

那天，他像往常一样，街头巷尾地吆喝着时，一抬头，看见了一个熟悉的身影。他眨了眨眼睛，就发现了街边站着的小菊。

小菊也看到了他。他"咣当"一声，扔下手里的东西，几步奔过去，颤着声音问：小菊，你咋来了？

小菊一见到他就流下了眼泪，哽着声音说：哥，俺可找到你了。

咱爹娘还好吗？

小菊听他这么问，哭得更凶了。她泪眼婆娑地说：哥，爹死了。爹走前拉着俺的手，让俺一定找到你。

杨铁汉这时才知道，小菊已经来城里几天了，正四下打听着他。她也不知道能不能找到他，但她坚信，自己一定要找到他。

哥，俺总算找到你了。小菊如释重负地看着他。

杨铁汉这时就有些恨自己了，自从离开县大队，他只回过一次家。不是他不想回，他现在这个样子根本就没有心思回。组织交给他的任务还没有完成，彩凤和孩子们也都离不开他，现在，爹走了，自己也没能回去看上一眼。

他看着眼前的小菊，心里像打翻了五味瓶，他掏出几个铜板交给小菊：妹子，这个你拿上，这两天我就回家看看你和娘。

小菊把他的手推回去，哽咽着说：爹死前让俺来找你，现在俺找到了，俺就回去了。这钱你拿着用吧，娘还等俺的消息呢。

小菊转过身，向前走了几步，突然又停下了，冲他叮嘱道：哥，俺和娘就在家等你了。

他用力地冲她点点头。

小菊走了。他望着她消失的身影，猛地蹲在地上，抱住头，呜呜咽咽地哭了起来。

几天以后，杨铁汉终于回了一趟家。

家还是原来那个家。想着以前回来还能和爹唠上两句，现在，却再也见不到爹了，他的心沉得像掉进了无底洞。推开门，他一眼就看到了母亲，母亲正有气无力地倚在小菊的怀里。

小菊看到他时，惊得一下子打翻了手里的汤碗。

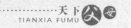

哥，你回来了？！

母亲在小菊的怀里慢慢睁开眼睛，不认识似的看着他。

他上前一步，抓住母亲的手，叫了声：娘——

母亲的身子颤抖了一下，这才艰难地伸出另一只手，在他的脸上摸了一下：铁汉，是你吗？你可回来了。

说着，母亲的眼泪流了下来。

过了半晌，母亲气喘着说：小菊去找你，回来说在城里看见你了，娘还不信。孩子，你可好久没回来了，你爹他不在了——

他跪在娘的眼前，把头埋在母亲的怀里，一迭声地喊着：娘，儿子不孝。

母亲费力地用手托起他的脸，慈爱地看着他。母亲的手是温暖的，却少了些气力，他顺着母亲的脸庞看过去，一头花杂的头发令母亲显得苍老无比。

母亲轻叹一声：孩子，娘不怪你。你参加县大队去抗日，爹和娘是支持的。可现在，日本人都投降了，你咋还不回来呢？

他望着母亲，不知如何回答母亲。

半晌，他说：娘，儿不孝，对不住你。

母亲轻轻地点点头，悠悠地吐出一口长气，道：铁汉，你回来就好。娘这身体怕是也撑不了多久了，娘想看着你和小菊成亲——

母亲说着就咳嗽了起来，小菊赶紧替母亲捶着背。

母亲喘息了半晌，说：你们成亲了，娘也就踏踏实实地去找你爹了。

母亲的话像一粒子弹击中了他，他抖了一下。望着母亲，他又一次想到了彩凤和那几个孩子。

他抬眼去看小菊时，小菊正一脸期待地望着他。

他站了起来，看看母亲，又看一眼小菊，他的目光在两个亲人之间费力地游走着。

母亲有些生气地说：铁汉，你不同意？你爹走时最大的心病就是没有亲眼看到你和小菊成亲，现在，你回来了，娘这身体怕也熬不了多久，娘就想——

娘——

他蹲下身子，抓起母亲的手，贴到自己的脸上，眼泪再也止不住地流了下来。

大河没有牺牲前，他曾无数次地幻想过自己和小菊成亲时的情景。按常理，他和小菊成亲是顺理成章的事。参加县大队之前，他也曾对爹娘和小菊许诺，等把日本人赶走了，就回来和小菊成亲。一家人也是这么期盼的。现在，日本人投降了，他却并没有兑现自己对爹娘和小菊的承诺。他清楚，自己在心里并没有忘记小菊，他只是还有重要的任务没有完成。当然，他也不能否认，他在看到小菊时就会下意识地想到彩凤和孩子们。在外人眼里，他和彩凤还有那几个孩子已经是一家人了，此时，城里的彩凤在等着他，孩子们也在眼巴巴地等着他。离开杂货铺时，他答应过彩凤和孩子，天黑前就回来。现在时间已经不早了，再不走，城门就要关了。

他跪在母亲面前，哽着声音说：娘，我还得走。

母亲就一把抓住了他：铁汉哪，日本人不都投降了吗？

娘，日本人是投降了，可现在咱们的队伍又和国民党的军队打起来了。

说到这儿，他担心母亲再说下去，就又磕了一次头：娘，等国民党也投降了，我就回来。

说完，他站了起来。

母亲含了泪说：铁汉，你和小菊——

不再等母亲说下去，他大步走到了门外。他在门口立了一会儿，小菊也走了出来。

小菊默然地跟在他的身后。以前，他每次离开家时，小菊都是这样

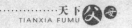

送他一程。

走了一段路，他立住脚，从怀里掏出一些铜板递给小菊。

小菊不接，他强行把铜板塞到她的手里：给娘抓副药吧，她的身体太虚了。

小菊接过钱，一双眼睛含珠带露地望着他。

他仰起头，不忍去看小菊清澈的目光：小菊，娘就托付给你了。

小菊低下头，看着自己的手说：你别这么说，她也是俺娘。要是没有你们一家收留俺，俺也活不到今天。

他一把握住小菊的手，久久没有放开。小菊颤着声音喊道：哥——

他扭过头，不敢正视小菊的目光。

小菊，哥对不住你。你现在也许恨哥，有一天，你会明白的。

说着，他松开小菊的手，转过身，大步地向前走去。

这时，他听见小菊在他身后喊了一声：哥，你啥时还回来呀？

他没再回头，甩了一把脸上的泪，向城里走去。

一路上，他的心都在这种左右为难中煎熬着，难受着——一边是彩凤和那几个孩子，一边又是母亲和小菊。直到他走进城里，看到振兴杂货铺，看到铺子前的情景时，他忽然就什么都明白了。

彩凤和孩子们正一溜地站在铺子前。盼妮眼尖，一眼看到了黑暗中走来的杨铁汉，惊呼一声：爸回来了！

盼春、军军和抗生一拥而上，这个拉着他的手，那个扯着他的衣服，军军仰起小脸说：爸，你一走，我们就想你了。

他看到孩子们焦急的表情，心里一下子就透亮了。他知道，他现在离不开这些孩子，孩子们也离不开他，他蹲下身，紧紧地抱着孩子们，干干硬硬地说：爸也想你们。

彩凤看到这一幕时，眼圈微微有些泛红，她冲杨铁汉说了句：走吧，回家吃饭了。

说完，转身走进了杂货铺。

听了彩凤的话，他的心里一热。

盼妮尖着声说：爸，我们还以为你今天回不来了。

他立起身，用手爱抚地拍着盼妮的头：爸答应过你们回来，就一定能回来。

当他和孩子们围坐到桌前时，彩凤已经把饭上了桌。虽然，日本人投降后日子并没有好过多少，但至少一家人能吃上菜团子和薄薄的稀粥了。

晚饭后，孩子们都睡下了，彩凤也回到自己的房间忙着缝补衣服。

他在杂货铺里摸黑转了一圈，觉得有许多话要对彩凤说。这几天，他想了许多，他知道孩子们一时半会儿是不可能被送出去了，想到孩子们的将来，他就生出了许多心事。想到这儿，他推开了彩凤房间半掩的房门。

他立在彩凤房间的门口，彩凤拉过一只凳子，对他说：坐吧。

他不坐，仍立在那里。

彩凤望他一眼，继续缝着手里的衣服。

彩凤，我跟你商量个事。

彩凤放下手里的衣服，目光直直地望着他。

我想把几个孩子送到学校去，得让他们读书。孩子们都不小了，可不能错过读书啊。

他一口气地说下去。

彩凤对他的话并不感到惊讶，她一边拿起手里的针线，一边低下头去：这事我也想过，可上学是要用钱的，咱们没有钱。

他蹲在门口，眼睛看着地面：这事我盘算过，小店的收入加上我磨刀挣的钱，如果还不够的话，我再去多找些力气活，加起来也差不多了。

彩凤叹了口气，说：我看还是先让那三个孩子上学吧，抗生等一等再说。

他猛地抬起头，看着彩凤坚定地说：不，抗生一定要去，抗生都八岁了，大河在的话，抗生说不定早就上学了。

说到这儿，他有些哽咽了。

彩凤的眼圈也红了。

他一再坚持地说：抗生一定要去，我答应过大河，要好好对你们娘儿俩。

彩凤抹了一把脸上的泪水，哽着声音说：那就听你的。

第二天，杨铁汉和彩凤就把四个孩子送到县城的国立小学。

抗生和军军已经满八岁，上了一年级。十一二岁的盼妮和盼春以前认识一些字，就一起读了三年级。

从那以后，每天早晨，盼妮和盼春就领着军军和抗生高高兴兴地上学了。几个孩子都热切地期待着一种新的生活。

杨铁汉目送着孩子们走远，把最后一口稀粥倒进嘴里，便抹把嘴，扛起磨刀的家什往外走。他扭着头，冲屋里的彩凤招呼一声：我出去了。

杨铁汉一离开杂货铺，就扯着嗓门喊：磨剪子嘞，戗菜刀——

他的声音洪亮、饱满，多年的吆喝已经练就了一副好嗓子。以前，磨刀师傅是对他真实身份的一种掩护，此时，他奋力地磨刀，更重要的是为了养家糊口，同时他隐隐地还有一种期待，这样更方便组织能够寻找到他。日本人投降后，他也想过转变一下自己的身份，如果那样的话，组织也许就再也找不到他了。于是，他只能踏踏实实地当着他的磨刀匠。另外一个原因是，他对磨刀这份职业已经驾轻就熟，可以说是县城里数一数二的磨刀匠了。有许多老主顾，遇到刀子钝时，是一定要把刀留给他来磨的。

孩子们上学了，他和彩凤的压力一下子大了起来。彩凤的杂货铺生意说不上好，也说不上坏，出入铺子的也多是些周边的邻居，买一些零碎的小东西。一天下来，也挣不上仨瓜俩枣的。只靠磨刀来养活自己和几个孩子，对杨铁汉来说几乎是不可能的。好在走街串巷的，很多人也都熟悉了他，谁家有活时他就撂下磨刀的家什，帮着忙活一阵，人家不是给他几个铜板，就是端上一碗糙米。不论人家给什么，他都小心地收下；实在没什么给时，他也不说什么，憨憨地冲人笑笑。

大叔、大婶看着他就说：磨刀的，你跟你媳妇拉扯那么多孩子也真不容易，难为你了。

他不说什么，笑了笑，走到门口说：大叔、大婶，以后有啥活就喊一声。

大叔、大婶就在他身后感叹：这个磨刀匠可真不容易。

累了一天，远远地还没有走到杂货铺，他就一眼看到了站在门口等着他和孩子们回来的彩凤。

进屋后，他小心地从身上摸出几个铜板和一小袋糙米，交到彩凤手上。彩凤低头看着手里的铜板，说：铁汉，你自己不留几个？

杨铁汉挥一下手：留它干啥？我又没啥花销，留着好给孩子们交学费。

彩凤很深地看他一眼，转身进了里屋。她把糙米倒在米缸里，又小心地把铜板藏到箱子的底下，才走到杂货铺门口，和站在门口的杨铁汉一起向远处张望着。他们知道，过不了多久，孩子们就该回来了。

孩子们回到家里，是杨铁汉和彩凤最高兴的时候，一家人围坐在桌前，有声有色地吃起来。孩子们一边吃饭，一边七嘴八舌地说着学校里的新鲜事。

他和彩凤饶有兴致地听着。吃完饭，孩子们就挤在一起写起作业，饭桌上就剩下两个人了，当两双目光不知是有意还是无意地碰到一起时，就都慌慌地躲闪开了。两个人已经在一起生活几年了，彼此早已熟悉了对方，可这种微妙的感觉还是让他们感到心慌。杨铁汉的心"别别"地跳着，彩凤的脸也有些发红、发热。

他放下碗，干咳了一声。

她抬起头，飞快地看了他一眼。

他突然焦躁地搓起手来，憋了好半晌，终于说：彩凤——

她"嗯"了一声，并没有去看他，仍然低着头。

他犹豫着说下去：彩凤，要不，咱们结婚吧。

这一次，彩凤慢慢抬起头，认真地把他看了看，他迎着她的目光，很深地望过去。

彩凤，你知道我答应过大河的。

彩凤的手一抖，手里的筷子掉在了地上。

他弯下腰，帮她拾起了筷子。

彩凤抖着嘴唇嗫嚅着：你娶我就是为了对大河的承诺？

他张了张嘴，欲言又止的样子。

彩凤继续说下去：要是那样，我不想连累你，那三个孩子就够你受的了。我有这个小店，还能顾得上我和抗生。

不——

他冲动地抓住了彩凤的手，这时，他才感觉到彩凤的手有些凉，也有些抖。

他呻吟地说：我要照顾你和抗生一辈子。

彩凤用力抽回了手，冷静地说：铁汉，你让我想想。

他望着彩凤，不知说什么好。

从那以后，彩凤一直回避着他。早晨，她把孩子们送出家门，就开始整理杂货铺，他从她面前经过时，她多数时候都是低着头，转过身去。临出门时，他想跟她打声招呼，她却慌慌地躲进里屋。

彩凤的态度弄得杨铁汉不知深浅，一时也不知彩凤心里到底是怎么想的。在等待彩凤答复的日子里，他忐忑不安地忍受着煎熬。好在他把自己要说的话说出去了，心里多少还是轻松了一些。他白天扛着磨刀的家什，游走在大街小巷里，有时也会坐在树荫下歇一歇，这时他就会想起小菊和母亲。小菊的影子刚出现在脑海里，彩凤就一下子也跳了进来，两个女人的影子不时在他的脑子里晃来晃去。一会儿，小菊近了，彩凤远了；又一会儿，彩凤近了，小菊又变得模糊了起来。

这天晚上，杨铁汉又做了一个梦，他梦见大河满身是血地站在他的面前，睁着两只空洞的眼睛说：铁汉，你是咋答应我的，你忘了？

他不知如何回答大河，张着嘴支支吾吾着。

大河又说：杨铁汉，算我瞎了眼，不该拿你当兄弟。

大河说完就倒下了，两只眼睛使劲儿地睁着，似在寻找着杨铁汉。他扑上去，抱住大河，一边哭，一边说：大河，大河我没忘啊，是彩凤她不同意——

大河就那么睁着眼睛，不说话，死死地望着他。

他哭着喊着就醒了，猛地坐起来，发现枕头湿了一片。他抹了一把脸上的泪水，呆呆地坐在黑暗里。

他茫然四顾，看见彩凤的房间里透着微弱的光亮，门也是虚掩着，彩凤正靠在床上忙着针线活。他披衣起身，走到彩凤门前，立在那里，不知是进还是退。终于，他鼓起勇气，用手轻轻拍了一下门，他听到了彩凤下地穿鞋的声音。

彩凤推开门，站在他的面前，没有说话，有些惊诧地望着他。

他突然跪在彩凤面前，眼泪又一次流了出来，他嘶哑着声音说：彩凤，你答应我吧。刚才我又梦见大河了。你不答应，大河在另一个世界里也闭不上眼睛啊。

彩凤看着他，样子有些不知所措。半晌，她低下头说：铁汉，你的心我知道，有话起来说。

他站起身，呆定地望着彩凤。

彩凤坐回到床边，拿起了放在床上的针线，叹了口气：铁汉，你和大河是好朋友，又是战友，你们说过的话，发过的誓我不知道，但我能理解。这些日子，我想了，我和抗生面对眼前的日子还能过下去，我不想连累你。

他就瞪大了眼睛：咋，彩凤，你还不答应？

彩凤轻叹了一口气：铁汉，真的，你有你的生活，我们有我们的生活，这可是一辈子的事。

他气喘着说：彩凤，我想好了，我愿意这样一辈子。

彩凤放下手里的针线：这事先放一放再说吧。

他低着头，无可奈何地站在门口。不知过了多久，才沮丧地走出去。

事情发生转机是在一天的深夜。

外面下着瓢泼大雨，闪电交错着在远远近近的天边划过。彩凤突然把杨铁汉喊醒了，她慌张地说：铁汉，抗生发烧了，从半夜一直烧到现在，孩子烧得连胡话都不会说了。

他爬了起来，跑到抗生身边，伸手去摸孩子的额头时，被猛地烫了一个激灵。他二话不说，抱起抗生就往外跑。彩凤此时也急晕了头，一脸惊诧地说：铁汉，你这是要干啥？

他头也不回地说：带抗生去医院。

说着，顺手拿过一件衣服，把抗生裹住，没头没脑地冲进了雨里。跑到门口，他又回过头喊了一声：彩凤，照看好家和孩子们。

等他抱着抗生回来的时候，天已经微亮，雨也停了下来。此时的抗生烧已经退了，在他的怀里低声地呻吟着。走进杂货铺，他发现彩凤就在门口那么站着，和他离开时的样子一模一样。

彩凤看到他抱着孩子走进来，忙迎了上去。

他气喘着说：抗生的烧已经退了。

彩凤把抗生接过来，用自己的脸去贴抗生的额头时，脚下一个踉跄，忙把抗生放到了床上。等她为孩子盖上被子，转过身时，发现杨铁汉仍立在门口。她望着他，颤着声说：铁汉，多亏了你。

他一时不知该说什么，半晌才说：我答应过大河。

她听了，身子猛地战栗了一下，突然就扑在了他的怀里，死死地抱住他，失声痛哭起来。

她一边用力地拍打着他，一边嘶声地说：你干嘛总是提起大河呀，你一说大河，我这心就碎了。

他也抱住了她，眼泪刷刷地落下来：彩凤啊，大河是我的好兄弟，我不能辜负他啊——

她泪眼婆娑地望着他说：铁汉，你答应我，你要照顾我们娘儿俩一辈子，以后，不许你再提大河了。

彩凤终于答应了，他心里的一块石头落了地，他孩子似的把彩凤抱了起来，在地上转了几圈。

彩凤拍着他的胸口说：快放下，我头晕。

他放下她，两个人气喘吁吁地对视着。

他喘着粗气，举起了右手：彩凤，你放心，以后我要对你和抗生好，要是有一点不好，我就对不住大河兄弟——

他还想说下去，她一把捂住了他的嘴，嗔怪道：不是不让你再提大河了嘛。

从那天晚上开始，彩凤把他的铺盖搬到了自己的房间。当他们彼此不再遮掩地面对时，似乎他们已经认识一百年了，竟全然没有陌生感。他伸出手，紧紧地将她拥在怀里，用自己火热的身体温暖着这个可怜的女人。这时，他的脑海里忽然就出现了小菊，小菊正无怨无悔地望着他。他暗暗地叹了口气，在心里说：小菊，咱俩没缘，看来只能做一辈子兄妹了。

第二天一早，他鬼使神差地出城，找到了大河的墓地。

大河的墓地草长莺飞，不知名的虫鸣嗡嗡嘤嘤，响成一片，像此时他的心情。他从怀里掏出一瓶酒，倒了一半在地上，另外一半他咕咕咚咚地一口喝下，然后，一抬手，把酒瓶子摔了出去。酒瓶落在石头上，碎了，发出一声脆响。他斜躺在坟上，大着声音说：大河兄弟，你的愿望实现了，我昨天晚上娶了彩凤，现在，我们是一家人了。大河兄弟，

你放心，他们娘儿俩以后就是我的亲人了，我还是那句话，有我吃干的，就不让他们喝稀的。我一定要把彩凤照顾好，把抗生养大成人。

说完，他摇摇晃晃地站了起来，冲着大河的坟头喊着：大河，你听见了吗？你咋不回答我？

他长久地立在大河的坟前，一副山高水长的样子。

一阵风吹过来，他似乎清醒了一些。他知道，自己无论和大河说什么，躺在土里的大河也不会回答他了。但他相信，现在的大河一定可以闭上眼睛了。

和彩凤结婚后，日子就变得不一样了起来，一家人也真正地成了一家人，三个孩子在心里也将彩凤妈妈看作是自己的亲妈妈，情感上也贴近了许多。每天早上目送着孩子们离开家，杨铁汉就开始了他的走街串巷。晚上回到家里，孩子们也从学校回来了，杨铁汉打开放钱的箱子，"叮叮当当"地把钱丢进去，心里充满了豪气。彩凤早已将饭菜端上桌，一家人围坐在一起，说说笑笑地边吃边聊。看着一家人其乐融融的样子，杨铁汉的心里也轻松了许多。这样的日子过了没多久，又开始变得焦躁起来，想着那封没有送出去的信，他的情绪就低落下来。

在一个太阳西斜的傍晚，杨铁汉又一次见到了小菊。小菊神情忧郁地迎面走来，看着她头上那朵白色纸花，他的心就"咯噔"了一下。

他迎上去，叫一声：小菊——

小菊看见他，眼泪就流了下来，她低低地说了句：娘走了。

不用小菊说，他就意识到了，肩上的东西一下子滑落下来。自从上次离开家，他就对母亲的身体情况有了不好的预感。

小菊说：娘走时，一直喊着想见你，我又不能丢下娘来找你。娘是喊着你的名字走的。

他的眼泪终于扑簌簌地落了下来。

他上前拉住小菊的手，朝着声音说：小菊，咱回家。

他这里所说的"家"，自然是指他和彩凤的家，这时的小菊还不知道他已经成家过日子了。

他走在前面，小菊跟在后面。他在菜市场买了一些菜和肉，打算做些好吃的，他要真心实意地感谢小菊一次。父母走时，作为儿子的他没有守在那里，是小菊替他尽孝，送走了二老。小菊的好，他无以言表，却心知肚明。现在，他在城里有了自己的家，他要把小菊带回家，让孤身的小菊感受到家的温暖。

想着就要看到铁汉哥城里的家，小菊的脚步也轻快了许多——自从铁汉哥的爹娘离开后，现在只有铁汉哥是她的亲人了。这次进城，她就是投奔铁汉哥来了。

走到杂货铺前，还没有迈进门，杨铁汉就喊了起来：彩凤，你看谁来了？

彩凤闻声走了出来，一脸惊奇地打量着杨铁汉身后的小菊。

小菊也奇怪地望着彩凤。

杨铁汉和彩凤结合后，曾无数次地提到乡下的父母，自然也提到过小菊，彩凤是知道小菊这个人的。

他拉过小菊的手，热情地说：彩凤，这就是我跟你提到过的小菊，我的妹子。

他又冲着小菊说：这是你嫂子彩凤。现在，你哥在城里有家了，以后，这里也是你的家。

小菊的脸就白了，刚才的兴奋顿时一下子落到了冰点，她被动地让杨铁汉拉进了杂货铺。

彩凤也热情地招呼着小菊：妹子，到家了。铁汉你陪陪小菊，我去做饭，一会儿孩子们也该回来了。

小菊挣脱开他的手，转身跑了出去。

他一边叫着小菊，一边追了出来。

跑出来的小菊已经是满脸泪水了，他一把拉住小菊：小菊，你来了，怎么也得吃了饭再走。

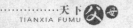

小菊抹一把眼泪说：这就是你说的家？

他冲她点点头。

小菊扭过身子说：那我回去了，我吃不下你家的饭。

说完，小菊头也不回地向前走去，他固执地追上去，拉住了小菊。

小菊失望、怨恨地望着他。

小菊奋力甩开他的手，拼命跑了起来。他向前追了几步，终于停下来，长久地望着小菊越来越远的身影。

小菊走了，他立在那里，脑子有些乱。等他回到杂货铺时，彩凤看着他惊奇地问：小菊呢，咋不吃饭就走了呢？

他叹了口气，说：我娘去世了，小菊是来告诉我消息的。

彩凤一边摆着碗筷，一边说：那也该让她吃了再走啊。

他摇摇头，一屁股蹲在了地上，想了半晌，说：我该回家去看看。

彩凤这时的眼里就有了泪，站在那里喃喃地说：家里出了这么大事，我该陪你回去，就是烧张纸，也是我的情分。

他瓮声瓮气地说：你回去了，孩子们咋办？

彩凤就不说话了。

第二天一早，他就出城了。

回家的路总是轻车熟路，他径直找到了父母的坟。父亲的坟前他来过，此时，这里又多了母亲的坟。

冥纸彩凤已经为他准备好了，他看到父母的坟就跪下了，一声爹娘喊过，眼泪就淌了下来。

爹，娘，孩子不孝，你们走时我都没有陪在身边，是小菊替我送走了二老。你们放心，小菊的恩情我是一辈子也不会忘记的。

他一边烧着纸，一边和地下的双亲絮叨着。纸红红火火地烧着，他的眼泪落雨般地滴到火里。

爹，娘，儿在城里有家了，我答应替牺牲的战友要照顾好他的家人，我不能说话不算数。大河你们也都见过，他是我的兄弟。小菊我是娶不成了，要是下辈子我还能托生个人，我一定娶小菊。小菊是个好姑娘，是我配不上小菊呀——

纸终于烧完了，他的泪也止住了。一股风吹过来，纸灰洋洋洒洒地飘了起来，透过纷纷扰扰的纸灰，他看见小菊正远远地站在一边。他慢慢站起身，缓缓地向小菊走去。

小菊不等他走近，转身就往回走。他拖着沉重的步子，心情复杂地跟过去。

小菊走回到院子里，站在那儿，背冲向他。

他走进去，立在小菊身后，抖着声音叫了声：小菊——

小菊没有回头。

小菊，我对不住你。我知道你心里恨我，你恨就恨吧，我不怪你。千错万错都是我的错，这辈子，我只能把你当成妹子了。

说到这儿，他就止了声。他看见小菊的肩抽动了两下，他知道，小菊哭了。

小菊，爹娘都走了，家里只剩下你一个人，你也该成个家了。啥时候要成家了，就去城里告诉哥一声，哥一定会回来。

这时，他用手在脸上抹了一把，嘶哑着声音说：小菊，家里就你一个人了，你要照顾好自己，有啥困难就去城里找哥。

说完，他就走出了院子。

走到山梁上，他下意识地回了一次头，看见小菊已经走到了门口。他赶紧扭回头，眼睛又一次潮湿了，他在心里说：小菊，我对不住你啊——

日子按部就班地重复着。早上，杨铁汉和彩凤依旧送走孩子们后，就开始了各自的忙碌。解放军和国民党部队的战斗在全国已经全面打响了，不时地有各种各样的消息传来。住在城里的国民党守兵也并没有闲着，一边加固城外的工事，一边不停地调防，来了一拨，又走了一拨。现在的大街上经常可以看到从战场上下来的伤兵，一边在城里养伤，一

边骂骂咧咧地横冲直撞。

一天，杂货铺里来几个国民党的伤兵，他们吃了、喝了，临走还拿了几条香烟。彩凤就心疼地喊：老总，我们一家还要过日子呢，你们不能这么拿呀！

她追过去，想把那些东西抢回来，却被一个伤兵狠狠地推了一把，彩凤就跌倒在地上。那个伤兵瞪着眼冲彩凤喊：老子在前方卖命，抽你几盒烟咋的了？

彩凤忍着疼，赔了笑脸说：老总，你们多少也该留几个子儿吧。

伤兵根本没把她一个女人放在眼里，就在他们横着膀子，骂骂咧咧地往外走时，却和回来的杨铁汉撞了个正着。眼前的一幕他已经看到了，他立在那里，怒目圆睁地横在门口。那几个伤兵也并不惧他，仗着身上背着枪，从他身前身后走过去了。

伤兵们一走，他赶紧扶起彩凤。彩凤顾不上疼，嘴上还在为那些东西心疼。

他叹了口气，跟彩凤商量：要不，咱把杂货铺关了吧，省得生这闲气。

彩凤瞥了他一眼：这是我和大河开起来的，我不想关。再说，关上它，咱一家人吃啥，喝啥？

听彩凤这么说，他也不好说什么了。面对这样的世道，他们和所有的百姓一样，只能无力地忍受着。

又有各种各样的消息不断地传来，听说解放军的部队在攻打四平两次未果后被迫撤走，在东北的南满和北满，解放军又和国民党部队进行着艰苦卓绝的战斗。

这天，一列国民党士兵押解着三四个五花大绑的人往城门口走来。那几个人早已是皮开肉绽，伤痕累累，他们一路走来，一路呼喊着：共产党万岁！

旁边的士兵就用手里的枪托去砸那几个人，但他们依然吃力地、断断续续地喊着口号。

到了城门口，几个人就被推到了城墙根儿上，一排枪齐齐地对准了他们。这时，一个军官走了过来，他把手放在小腹上，冲那几个人点点头：现在，我再问一遍，你们有没有改变主意的？只要你们谁点个头，就可以立即获得新生和自由。

军官的目光在那几个人的脸上一遍遍地逡巡着。那几个人没有谁点头，他们似乎很累，把头靠在墙上，闭上了眼睛。

军官就冷笑起来：那既然这样，我就不客气了。

说完，转身离开了那几个人。这时，那几个人像睡醒了一般，猛然睁开眼睛，一起呼喊了起来：共产党万岁！胜利永远属于我们——

只见军官一挥手，一排枪就响了。那几个人身子猛地一挺，又一软，就倒下了。血喷溅到城墙上，如盛开了一朵朵猩红的花。

杨铁汉和许多人都看到了眼前的这一幕，那一刻，他想到了牺牲时的老葛和小邓。他们是牺牲在日本人的枪口下，而眼前的几个人却死在了国民党的枪口下，他周身的血呼呼啦啦地奔涌起来，仿佛倒下的人不是别人，而是他自己。后来，他才听说那几个人是地下党，被捕后拒绝招供，才遭到敌人的枪杀。

杨铁汉不知道自己是怎么离开城门口的，竟鬼使神差地又来到了那家中药房。老葛不在了，药房还在。他走进药房，神情恍惚地说：这里有白果吗？老家人急需白果。

药房里的伙计被他没头没脑的话弄糊涂了，一脸疑惑地看着他。

他摇摇头，叹口气，走了出去。

他又来到了布衣巷十八号。现在，他每天几乎都要到这里来一次。他把大门关了，躲到屋里，取出了地砖下的那封信。他仔细地抚摸着那封信，看了半晌，就又把它放了回去。

走到院子里，他静静地坐一会儿，想一想。风拍打着门窗，发出一阵杂乱的声响。

在这里，他越发地感受到了孤独，此时的他异常地怀念老葛和小邓。有组织的日子，他的心里是踏实的；自从失去了组织，他就像断了线的风筝，忽悠悠地飘在半空中。

# 盼和

彩凤怀孕了。

当彩凤把这一消息告诉杨铁汉时，他几乎不敢相信自己的耳朵。他把彩凤一下子抱起来，彩凤娇羞地用拳头捶打着他的胸口说：轻点儿。

他终于有了自己的孩子，这让他惊喜又不安。养育一个孩子，对任何一个人来说，都是一件让人激动又忐忑不安的大事。此时的杨铁汉，就在经历着这样的一个心理过程。

自从知道彩凤怀孕，他就像换了一个人似的，每天早早地从外面回来，小心地照顾着彩凤。有时生意好的时候，他还能买一点肉回来。吃饭的时候，他总是悄悄地把肉放到彩凤的碗里。每一次，彩凤发现后都忍不住又夹到孩子们的碗里。

晚上，孩子们都睡下后，他抚摸着彩凤鼓起的肚子，埋怨道：你该吃点好的，别忘了，这肚子里还有个孩子呢。

彩凤就说：我是大人，清汤寡水的习惯了。

他就叹口气，不说什么，用力地把她抱在胸前。

彩凤贴着他的胸口，轻声地说：铁汉，我给大河生了抗生，现在，我也给你生一个，也算对得起你们了。

他听了，更紧地把她抱住：要生就生个男孩。

她推他一把，开玩笑道：那得看你播的啥种了。

日子一天天地过去，彩凤的肚子也一天天大了起来，像两个人种下去的希望。

在彩凤怀孕的日子里，杨铁汉的心里沉甸甸的，他想了很多，也想了很远。他的身边先是有了军军，接着又来了盼妮和盼春，他是在被动中接受了这些孩子。那时，他承担照顾这些孩子，更多是把他们当成了组织交给的任务。后来，在与孩子们朝夕相处的几年时光里，他已经把他们视如己出，情感上也像亲人一般，不知不觉间，他就义无反顾地担当起了父亲的责任。而此时，彩凤肚子里小生命的及时到来，更让他内心生出一种温情。他抚着彩凤日渐隆起的肚子，掩饰不住内心的兴奋：我终于有自己的孩子了，我太高兴了。

彩凤忍不住说：和你成亲那天我就想好了，大河有了抗生，以后我也一定要给你生一个。

提起大河，他的心里就多了一种滋味，这时他就又一次想到了小菊，心里也更加地惦念起她。在他的心里，他已经把她当成了自己的亲妹子。上一次，小菊来家里时，那是彩凤第一次见到她。小菊失望地离开后，彩凤曾追问过他：小菊真是你的亲妹子？

他点点头，彩凤摇摇头：我看着不像。

他抬起头，盯着彩凤说：我没骗你，她虽然不是我亲妹子，可在我心里，她比我亲妹子还亲。

他后来就把小菊的经历告诉了彩凤，但他没有说出两人定亲的事。彩凤听了，半晌没有做声，但还是用肯定地口气告诉他，小菊一定是喜欢上他了。

他听了心里一惊，忙避开彩凤的眼睛，小声地说：彩凤你别乱讲。

彩凤就叹了口气：我也是女人，我是从小菊的眼里看出来的。

他低下头，不敢再说下去。

现在，他和彩凤终于有了自己的孩子，内心的希望就越发的蓬勃起来。

在两个人无限的憧憬和期盼中，孩子哭喊着到了这个世界。果然是个男孩，哭声嘹亮、有力，当杨铁汉把孩子抱在怀里时，他的心"怦怦"乱跳一气。

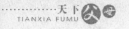

当天晚上，婴儿就睡在两个人的中间。激动和兴奋让两人都没了睡意，彩凤一遍遍地看着熟睡的婴儿说：这可是咱俩的孩子，你给他起个名吧？

给孩子起名的事他已经不止想了一次，军军被送来时连个姓都没有，就连名字都是随意地改来改去。盼妮和盼春的名字还好，穷日子谁不想有个盼头呢？干脆就让小不点儿也跟了这个"盼"字。想到这儿，他就对彩凤说：我看要不就叫个盼和，你看咋样？

彩凤自语着：杨盼和？那就听你的，就叫盼和。

他翻了个身，看了眼刚出生的儿子盼和：盼妮、盼春和盼和，听起来跟一家人似的，我看军军也叫盼军好了。

彩凤支起身子，点着头说：要不把抗生的名字也改了吧？

那可不行！抗生是大河留下的希望，不能让抗生改名，抗生就叫抗生。他不容置疑地说。

彩凤对他的固执有些吃惊，想了想，就没再说什么。

盼和出生后，军军也有了自己的新名字——盼军。军军为了自己的名字激动了好一阵，一放学就跑到床边，冲着盼和不停地说：盼和，我是你盼军哥。

盼和就躺在那里，冲盼军咧着嘴笑。

孩子出生后，杨铁汉觉得肩上的担子更重了，杂货铺的生意也一日不如一日，兵荒马乱的年代做什么都不容易，经常有国民党的兵到店里白吃白拿，日子勉强还过得下去。杨铁汉除了给人磨刀，还接了些杂七杂八的零活，多少也能挣上个仨瓜俩枣的。

在为生计奔波的同时，他一日也没有忘记寻找着组织，组织却如同一块石头，沉进海里，无声无息。但他相信，组织一定还在自己的身边。

他每天还是习惯回到布衣巷十八号看看。十八号在他的眼里是神秘的，那是老葛最初给他安排的住所。他每次回去时依然左顾右盼地张望一番后才打开门，而进门后的第一件事便是去看门缝里有没有纸条之类的东西，一切依旧，他就有些失望。呆呆地院里站一会儿，叹口气，又走了出去。彩凤和孩子们还在家里等他，他不能耽搁太久。可即便是这样，他每天在去布衣巷十八号之前都有几分激动，毕竟那里曾经是和组织联络的地点。

在一天天漫长等待组织的日子里，就发生了一件意外。

这天，杨铁汉和往常一样，吆喝着走街串巷时，一队国民党士兵骂骂咧咧地把他抓走了。他挣扎时，背上被枪托重重地砸了，磨刀的家什也被人踹散了架，那个士兵一边用力地踹着，一边骂：共产党都要攻城了，城都保不住了，你他妈还磨啥刀？

后来，杨铁汉才知道，许多城里的青壮年都被抓来了，他们的任务是在城外筑工事。那一阵子，外面的风声很紧，整个东北都成了共产党的天下。现在，东北的四野部队正向中原挺进。

当杨铁汉得到这一消息时，他知道，现在的解放军正是昔日的八路军。想着就要见到自己的部队时，他的心里激动得一阵狂跳。裹挟在一群百姓中，为敌人修工事时，他就想到敌人将和自己的部队有一场血战。敌人的工事修筑得越坚固，解放军攻城就越艰难，他抬着木料往返于工地时，心里就很不是滋味。

敌人还修了不少暗堡，这是他无意中发现的。他当过八路军县大队的排长，和日本人打仗时，无数次地吃过日本人暗堡的亏。明面上是看不见的，只要部队一冲锋，暗堡就会发挥作用。一个在明处，一个在暗处，结果就不用说了。他的心越发焦躁起来。偶然的机会，他在工地上捡到了一支笔头和巴掌大的一片纸，他如获至宝地把它们藏到了身上。

为了日后解放军能顺利地攻城，他开始有意识地利用各种机会，悄悄地把明碉暗堡都记在了心里。晚上，借着月光，把暗堡在纸上画了出来。敌人的工事快修完时，他的工作也完成了。这时，他就想到了逃跑，只有逃跑，才有机会把图纸送出去。

在一个夜黑风高的晚上，杨铁汉开始逃跑了。毕竟是训练有素的军人，又和鬼子进行过无数次周旋，这种军事素质他是有的。他巧妙地避开了敌人的第一道岗哨，又顺利地躲开了流动哨后，却不期与敌人的巡逻队遭遇了。本来他是可以躲过这支巡逻队的，当时，他正伏在一片长草的阴沟里。就在敌人的巡逻队走过时，他飞快地跑上了一条公路，越过这条公路，他就自由了。他本想把情报送到关帝庙，那里曾是他们的一个联络点。他不知道这个联络点现在是否还在用着，但他觉得只要有一线希望，他就要把情报送出去，这样，自己的部队在攻城时就会少一些损失。

出人意料的是，敌人巡逻队中的一个排长这时跑出来解手，他就和这个排长在公路上正面遭遇了。排长大喊一声：谁？站住——

他犹豫了一下，向前跑去。敌人的枪就响了，子弹击中在他的腿上，他"呀"了一声，就栽倒了。已经走过去的敌人听到枪声，又跑了回来，几束手电光团团地将他罩住了。他在被敌人抓住的那一刻，下意识地去怀里掏那张纸片，想把它一口吞到肚子里去。他还没来得及把纸片放到嘴里，他的头就遭到了重重一击，眼一黑，人就晕了过去。那张地图就落入到敌人的手里。

杨铁汉被捕了。

他被关到敌人的兵营里，国民党守备司令部就设在以前的日本兵营里。此时，敌人的形势是这样的——东北失守后，天津和北平相继被解放，冀中的守敌就成了敌人扼守中原的最后屏障。几前天，前线溃退下来的部队和蒋介石派来增援的部队都集中到了县城周围。坐镇县城的守军是国民党的一个师，师长姓许。

许师长是黄埔军校毕业的学生，蒋委员长是黄埔军校的校长，在最关键的时刻，蒋介石想起了他的学生们，那些黄埔精英纷纷被委以重任派驻各个要地。天津和北京相继失守，蒋介石为了延缓解放军向前推进的速度，在冀中增派了军队，准备在冀中平原和解放军决一死战。

许师长就是在这一背景下临危受命。他一到了这里，就开始修筑工事，摆出誓死一战的架势。

许师长知道，他现在是和解放军两线作战，一个是正面和解放军作战，另一个战线就是地下作战。

北平被和平解放，共产党的地下组织功不可没。县城里的地下组织从抗日到现在以来一直活跃着。国民党也曾下大力气破坏了一批地下组织，可共产党的地下组织仍然活跃着。这是令许师长最为头痛的一件事，千里之堤，毁于蚁穴，大战在即的县城危机四伏。目前，最让他担心，也最让他把握不住的就是活跃在县城里的共产党的地下组织。当他得知杨铁汉被捕的消息时，可以说是如获至宝。按照他的想法，只要撬开杨铁汉的嘴，顺藤摸瓜，就能在解放军攻城之前，彻底粉碎共产党的地下组织，如此，他的部队就有了一半的胜算。

许师长很重视杨铁汉，他亲自派人把杨铁汉带到了师部。

当杨铁汉出现在他面前时，他显得很客气，挥手让勤务兵给杨铁汉倒上了一杯茶。他亲自给杨铁汉松了绑，又拉过一张椅子，放到杨铁汉面前，做出请的手势：杨先生请坐。

杨铁汉没有坐，仍站在那里，目光有一搭、没一搭地望着眼前的许师长。见他不肯坐，许师长稳稳地坐下了。

许师长笑着说：杨先生，贵军是收复了东北，也收复了天津和北平，但是，我军仍有几百万大军坐镇长江以南，呵呵。说起江南，那可以说是固若金汤，贵军想跨过长江，几乎是不可能的。别说江南，就是中原也有我们上百万的大军把守，我们是丢掉了一些城市，但战争是要从大局上来看的，不必计较一城一池的得失。我们国军部队的后面还有美国人做后盾，蒋委员长正调兵遣将，准备一举收复失地，你放心，天下还得是我们的。

杨铁汉在许师长说这些话时，把脸扭向了一边。

许师长说到这儿就又呵呵笑了起来，然后，站起身，一步步逼近到

杨铁汉面前。他突然伸出手，拍了一下杨铁汉的肩头，杨铁汉下意识地收回了叉开的双腿，怒视着许师长。

许师长就笑了：杨先生一看就是行伍出身，扛过枪，打过仗。好，我就喜欢和军人打交道，那咱们就用军人的方式说话。

这时的杨铁汉才把注意力集中到许师长的身上。他望着眼前的许师长，感叹着他的眼力。在国共合作期间，八路军曾和国民党部队打过一些交道，那时他就知道国民党的将领中有着许多雄才大略之人。眼前的许师长让他眼前一亮，心里颇有几分钦佩。

许师长及时地把握住杨铁汉的情绪，笑一下，又沉稳地坐回到椅子里：杨先生，你是个军人，或者说曾经是军人，这一点我很欣赏你。两军交战，各为其主，你以前所做的一切，我都能理解，如果你现在翻然悔悟，为我党我军做事，我保你前途无量。怎么样，咱们做个交易吧？只要你说出你的组织，咱们从现在开始就是自己人，在这个师里，除了我这个职位，其他的任你挑。

杨铁汉这时就想到了老葛和小邓，还有城外的关帝庙。尽管自己眼下所做的一切，不是受组织指派，完全是凭着一个地下工作者的敏感和责任，但他也清楚，现在即便把这张地图送到城外，他也不能保证地图能准确无误地送到组织的手里。想到这儿，他觉得没有什么好说的，即使有什么说的，他也不会说出来。他在接受组织培训时的第一课就是忠诚组织，永不叛变。

许师长坐在那里，胸有成竹地盯着他。

他望一眼许师长，终于低沉地说：你别问了，我什么都不知道。

许师长暗吸了一口气，表情凝重地看着他。半晌，才说：我知道你会这么说，我没有看错你，你是条汉子，共产党有许多你这样的汉子，我和他们打过交道，你的风骨我很欣赏。你现在不说，这没什么，有一天你会说的！

说完，他挥了挥手。

几个荷枪实弹的卫兵拥进来，推搡着把他带走了。

杨铁汉做梦也没有想到，彩凤和几个孩子被带到了他的面前。那一刻，他愣住了。彩凤抱着盼和，抗生和军军、盼妮、盼春也都一脸惊恐地看着他。

他下意识地问了句：你们怎么来了？

当他看到彩凤和孩子们身后的国民党便衣时，他们都明白了。

他和彩凤、孩子们被关在了一起。

杨铁汉被国民党抓去修工事时，都没有来得及和彩凤打声招呼。他的突然失踪，着实让彩凤和孩子们慌乱了一阵。彩凤怀里抱着盼和，带着几个孩子到处寻找着他。此时，城里许多的女人也在寻找着他们的男人，后来就听说男人们是被抓去当了劳工。彩凤的心里似乎踏实了一些，至少她知道了杨铁汉的消息，可很快不安又从心底升了起来。那一阵子，国民党为了加固城外的工事，在城里挨家挨户地收门板，此时，杂货铺的门板早就被没了踪影。

守着四面透风的杂货铺，彩凤的心里充满了惊惧，孩子们也不安地问着：妈，俺爸啥时候回来呀？

彩凤只能安慰着：快了，再有几天就回来了。

她这么安慰着孩子，也在安慰着自己。孩子们睡了，她却整宿整宿地睡不着，想着如果杨铁汉在，她的心就踏实了许多。他毕竟是她的男人，是这个家的顶梁柱，有他在，这个家就是安全的，一家老小就有了依靠。

彩凤带着孩子们不停地打听着城外的消息。这时，就有各种消息传了过来，有说城外的解放军在外面已经把城包围了，都能听到隆隆的炮声，还有人说站在鸡公山上都能望见解放军的大旗了……

种种说法莫衷一是，但彩凤似乎看到了盼头，只要解放军攻进城里，铁汉也就能回到家了。

在盼星星、盼月亮地等待杨铁汉回来的日子里，她做梦也没有想

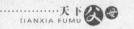

到，自己和孩子们竟被国民党的便衣带到了敌人的兵营里。彩凤糊里糊涂地被带进去时还不知道发生了什么，直到她和孩子们见到了杨铁汉，才如梦初醒。

孩子们见到杨铁汉，像受惊的小鸟扑过去，团团地将他抱住了。他张开手臂护卫着孩子们，可他无论如何也保护不了他们。

许师长自此一般不再露面。

第二天，审讯杨铁汉的是个科长，科长的脾气似乎不太好，吹胡子瞪眼睛地把手拍在桌子上，叭叭地响。

科长厉声说：姓杨的，你放聪明点儿，现在你老婆孩子可都在我们手上。

杨铁汉最担心的事情还是发生了，他不担心自己的安危，但他不能不担心彩凤和孩子们，他咬咬牙，只能说：跟你们说实话，我就是个磨刀的，没有啥组织。

科长就把那张图纸"啪"地拍在桌子上：这是什么，你还不承认？

他闭上了眼睛：那是我画着玩儿的。

科长就哼一声：你怎么不画别的，单单就画这个，你把我们当猴耍啊？

接下来的事情就严重了。

彩凤和几个孩子又被带了出来，杨铁汉也被押到了院子里。院子里有一口井，很深，井边站满了荷枪实弹的士兵，把他们围住了。

科长围着杨铁汉转了两圈，慢悠悠地说：姓杨的，我知道你是条汉子，打死你，你也不会说实话。我以前和共产党打过交道，我太了解你们了。

说到这儿，他冷笑两声，一挥手，两个士兵就架起了盼妮。

盼妮不知发生了什么，十几岁的孩子脸都吓白了，回过头喊：爸，妈，你们救我——

两个士兵把盼妮架到井边，扯着孩子的胳膊，做出往井里丢的架势。

杨铁汉惊叫一声，冲过去，一把把盼妮抱住了。

科长走过来，拍拍杨铁汉的肩：这些可都是你的孩子，人心都是肉长的。我们也不想做恶事，只要你把你的组织招了，你们一家人就自由了。

他抱着盼妮，盼妮抖成了一团。

他把盼妮推到身后，冲科长说：我真的不知道什么组织，我就是个磨刀的。

科长笑了笑，又一挥手，那两个士兵又扯住了抗生，抗生回过头，惨烈地喊着：妈，妈，我怕呀——

他又一次想冲上去时，两个便衣一把拽住了他，被他狠狠地甩开了。他跨上一步，用身体死死地护住了井口。

彩凤似乎被吓昏了，她抱着盼和双腿一软，蹲在地上无力地说：铁汉，你要救救孩子们。

另外几个孩子围在彩凤身后，早已经哭成了泪人。

他慢慢地从井边爬了起来，脸上的表情像哭一般：我说，我说还不行吗？

科长见时机已到，又一挥手，便上来两个便衣，把他推到科长面前。

我画这张图是想送给解放军，可还没有送出去，你们就把我抓住了。

科长对他的回答显然并不满意：我要问的是你的组织，我知道你们的组织已经掌握了我们大量的核心机密。在解放军攻城前，我们要破获你们的组织，只有这样，我们才有可能打赢这场战争。

他无力地摇摇头：我没有组织。

科长的脸色就青了，"哼"一声道：姓杨的，我看你是敬酒不吃吃罚酒呀！

他拍了拍手。

两个士兵冲上去，把他按在了地上。科长一把从彩凤的怀里抢下了盼和，彩凤大叫一声：还给我孩子——

说完，就要冲上去，被几个士兵死死地拦住了。科长把哇哇大哭的盼和放到井边，回过头，冷笑着：姓杨的，你说还是不说？

他撕心裂肺喊道：盼和——

彩凤也拼命嘶喊着：盼和，我的孩子，你们还我的孩子。

科长脸上的肌肉一阵抽搐，狞笑一声，望着杨铁汉，咬着牙说：老子不信你不见棺材不落泪。

手往前一送，盼和被扔到了井里。

盼和在落下的过程中，仍在喊着：爸——

片刻，一切都没了声息。

他和彩凤一下子失去了知觉。

当他和彩凤醒过来的时候，他们又被关进了监牢里。孩子们围在他们的身边，盼妮抱着彩凤，盼春抱着他，抗生和军军低着头，眼泪仍不停地在脸上流着。

彩凤无力地喊一声：盼和，我的孩子。人就傻了似的瘫在那里。

盼妮就推着她，一迭声地叫：妈，你醒醒，醒醒。

杨铁汉挣扎着坐起来，抱住彩凤，干干硬硬地说：彩凤，是我害了你们，害了盼和啊！

他用拳头，拼命地擂着自己的胸口，欲哭无泪。

盼春把他抱住了，盼春已经是十几岁的小伙子了，自从杨铁汉晕过去，他就一直死死地抱着他。盼春把脸贴在他的脸上，声泪俱下：爸，他们扔的应该是我，不该是盼和弟弟。

听了盼春的话，他身子一颤，紧紧地抱住了盼春，他抖着声音说：你们都是我的孩子，你们都记好了，你们曾经有个弟弟叫盼和。

孩子们点点头，小声地说：爸，我们记住了。

说完，几个孩子又抱在了一起，失去亲人的悲伤，让他们更加懂得亲情的弥足珍贵。

接下来，敌人又提审了两次杨铁汉，希望借此获得地下组织的情况。杨铁汉依然是那句话，图是我画的，但组织是啥我不懂。

见他一副铁嘴钢牙的样子，敌人恼羞成怒地动用了刑具，一番皮鞭、老虎凳下来，他咬牙挺住了。受刑时他想的最多的就是盼和，想着盼和现在还泡在冰凉的井水里，受刑的过程就那不那么难受了。他一遍遍地在心里说：盼和，你是为爸死的，爸对不住你啊！想到这儿，心里刀剜般的刺痛。

杨铁汉视死如归的样子，让敌人束手无策。在整个受刑过程中，他一声不吭，令在场的敌人都感到不可思议。

当他遍体鳞伤地被带回牢房里，彩凤和孩子们一起扑了过去。彩凤把他的头抱在怀里，帮他擦去脸上的冷汗，孩子们也小心地查看着他的伤口。

盼妮的眼泪止不住地流下来，她仰起头，叫一声：爸，你受罪了。

他忍着痛，想冲孩子们笑一笑。此时，他不仅觉得对不住死去的盼和，更对不住彩凤和几个无辜的孩子，他虚弱地牵牵嘴角：彩凤，孩子们，都是我不好，让你们跟着受苦了。

军军"哇"的一声哭了，他一边哭，一边抱紧他说：爸，我们不怕苦，我们就是死也要和你在一起。

他听了军军的话，也一把搂住了军军。军军刚送来时，还是个三四岁的孩子，此时的军军已经十二岁，是个大孩子了。这么多年过去，孩子们早就把他当成了爸爸，他自己也在心里把他们当成了自己亲生的孩子。有时候，他就想，如果真的和组织联系上了，他还舍得把他们送走吗？当时考虑把孩子送到延安是形势的需要，现在，形势没有那么紧张了，孩子也一个个即将成人，说实话，他舍不得。他甚至想到，即使有一天组织找到他，他也不会让孩子们离开自己。此时，他被孩子们团团

围住，他感受到了前所未有的幸福。于是，他勉强咧开嘴，笑了笑：孩子们，放心，爸不会死。你们还没有长大成人，爸妈还要把你们养大呢。

彩凤的眼泪滴在他的脸上，他抬起头，看着彩凤，硬撑着挤出一丝笑容：彩凤，我答应过大河的，你放心。

他颤抖着伸出手，把彩凤脸上的泪水擦去了。他又说：我也答应过你，要让你和孩子过上安稳的日子，可我没有做到，让你们受苦了。

彩凤听到这儿，泪水又一次涌了出来，她捂住他的嘴，哽着声音说：你快别说了。

## 解放

一天夜里，牢房外隐约传来了隆隆的炮声。

杨铁汉一下子醒了，他把彩凤和孩子们也喊醒了：听，是炮声。

彩凤和孩子们一下子坐了起来，透过铁栏杆向外面望着。窗口很小，只能看到天边挂着的几颗星星。

杨铁汉肯定地说：这炮声不会超过二十公里，可能是鸡公山方向打来的炮。

身为老兵，这点经验他是有的。

盼春一脸兴奋地问：爸，是解放军攻城了？

他点点头，抓住铁栏杆，目不转睛地望着头顶的一方天空。

半晌，他用拳头擂着墙说：敌人的工事里修了暗堡，一定要用大炮多轰一会儿，冲锋时才会少损失些。

彩凤和孩子们也都挤到牢房门口，此时的杨铁汉似乎变成了指挥员，兴奋地介绍着前线的情况。一声又一声的爆炸传了过来，他两眼放光地说：听，这是迫击炮！

炮声越来越清晰了，敌人的兵营俨然乱成了一锅粥，纷乱、嘈杂的叫骂声远远近近地传了过来。杨铁汉蹲下身子，拥住孩子们激动地说：我说过，他们的尾巴长不了。看吧，他们要逃跑了。

外面的枪炮声一阵响似一阵，甚至能听到隐约的喊杀声了。

杨铁汉一脸遗憾地说：地图没有送出去，要是到了解放军的手里，攻城的速度就会更快一些。

敌人越发乱了阵脚，为了撤退，他们甚至大打出手。

随着枪炮声更加的清晰，敌人像退去的潮水，一下子安静了下来。天亮的时候，整个县城没有了枪炮声，也没有了喊杀声。不一会儿，一列队伍跑步的声音惊醒了清晨的静寂。

杨铁汉听到有人在砸监牢的大门，他扑在铁栏杆上，冲彩凤和孩子们喊：是咱们自己的部队！

门，哗的一声开了，外面的阳光倾泻进来，晃得人半天才睁开眼睛。一双双温暖的大手伸了过来，杨铁汉激动地握住了。一位解放军军官用高亢的声音说：同志，让你们受苦了，现在你们自由了！

恍若梦中一般，冀中真的解放了，平津战役也胜利地结束了。解放大军又开始马不停蹄地向南方推进。

恢复自由的杨铁汉和彩凤带着孩子们，又回到了振兴杂货铺。

解放了的县城，到处都是一片百废待兴的样子，大街上到处是穿着解放军军服的同志。那几日，杨铁汉兴奋地走在街上，仔细地端详着那些解放军，希望能看到一张熟悉的面孔。他一个个地望过去，看到所有的人都是那么熟悉，可走到他们面前，却又是那么陌生。走一阵，找一找，他开始清醒过来，日本人投降时自己的队伍也进过城，他也寻找过，后来才得知自己曾经熟悉的县大队的战友们几乎都牺牲了。意识到这一切时，他如梦初醒，这才想起了自己的身份，现在他只是一个失去组织的地下工作者。他的任务是等待着组织和他联系、接头，目前他的工作还没有完成，手里的一封信还没有被送出去，那三个已经长大的孩子他也要亲手交给组织。

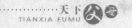

兜兜转转地回到布衣巷十八号，他又一次拿起条帚，把屋子里里外外地打扫了一遍。当年老葛曾经千叮咛、万嘱咐地交代过他：一旦与组织失去联系，一定要耐心等待，组织是不会忘记自己的同志的。

这么多年来，他一直信奉着老葛的话。尽管在漫长的等待中，他也曾有过迷失和懈怠，可当他一想到老葛的话，就又一次振作起来。从过去到现在，他只有一个念头，那就是等待着组织前来和他联络。

县城解放后，他曾经做了一个梦，梦见组织派来的人敲开了他的门。这人不是别人，正是老葛。他想扑过去，老葛伸出一个指头，在嘴上做了个"嘘"的动作，他这才想起了暗号。

老葛不动声色地看着他：你有白果吗？

有，你要多少？他急切地回答。

老葛继续面无表情地说：老家人急需白果治病，要很多。

暗号对上了，他大叫一声：老葛——

像个委屈的孩子，他一下子扑到老葛的怀里，抱着老葛说：你咋才来呀老葛，我都等你们这么多年了——

他在梦中号啕大哭起来。

结果，他就醒了。

彩凤欠起身，一脸不解地望着他。

她说：你做梦都在哭呢。

他抹了一把脸上的泪，这才意识到自己刚才是在做梦。他醒了，便再也睡不着了，睁眼闭眼的都是老葛，老葛当年说过的话又一次在他耳边响起：白果树，你记着，无论什么情况你都要耐心等待。就是和组织失去联系，组织也会千方百计和你联系的，你要学会等待。

这是老葛交代给他的话。这么多年来，他始终牢记着老葛的话。

每天，他都要准时地去一趟布衣巷十八号，那是他和组织的联络地。他要坚守在那里，像坚守阵地一样。

后来，他不仅白天来这里，有一天甚至在杂货铺收拾起铺盖，夹着行李卷走出门。

彩凤疑惑地问：你这是要去哪儿啊？

我要去等人。说完，他头也不回地走了。

有一段时间，他吃在布衣巷，睡在布衣巷，晚上也会醒来几次，走出院子，这里看看，那里摸摸，他似乎觉得刚才就有人来过。他为了证明自己的存在，甚至不停地站在院子里咳嗽着。

有时，他打开大门，又打开屋子的房门，似乎只有这样，组织才会顺利地找到他。他干脆不睡觉了，眼睁睁地坐在床上，仔细地听着门外的动静。

他一次又一次地把屋子里的地砖撬开，取出那封没有来得及送出去的信，一遍遍地抚摸着，然后又小心地放回去。他拍拍手上的灰土，在心里说：咋还没来呀？

解放后的县城日新月异地变化着，地方的组织也建立起来，有了县委，县委就设在敌军司令部的二层小楼里。日本人在时，这里是日本人的指挥部。现在解放了，这里成了县委办公的地方。

县委挂牌的那天，杨铁汉找到了县委。进出县委的人很多，每个人的脸上都喜气洋洋的。新政权成立了，他们有千万条理由感到高兴。杨铁汉随着人流来到了县委，他的心别地一阵急跳，这就是自己这么多年来千呼万唤的组织。以前，他就知道这里有个地下县委，但自己只能与下线小邓单线联系。现在，地下县委浮出了水面，他就要到这里来接头了。

这时，他看见一间门虚掩着，里面坐着两个人，一个年纪稍大，另一个样子很年轻，正伏案查看着什么。他把门缝推开了一些，探进头说：你们这儿有白果吗？

这是他铭记在心的接头暗号。

两个人同时抬起头，望着他。

停了一下，他又说：你们这儿有白果吗？

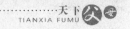 
两个人对望一眼，不解地冲他点点头：同志，你有什么事？

他看着他们说：老家有病人，急需白果。

年纪稍大的那位就说：同志，我们这里是县委，是办公的地方，不是药店。你要买白果得去药店。

他有些失望，叹了口气。转身，又来到另外一个房间，仍然重复着他的暗号，他得到的答复无一例外地让他失望。他几乎敲开了县委办公室的每一扇门，不停地重复着他的暗号，却始终没有谁能对上他的暗号。没有暗号的接应，就证明这些都不是他要找的人。这是组织的纪律，也是老葛的指示，只有对上暗号，才能公开自己的身份。

接不上暗号，他只能默默地离开了县委。他来县委时心里充满了希望，以为只要自己把暗号说出来，肯定就有人和他对上暗号。结果却是更大的失望，他只能继续等待下去。

他独自回到布衣巷十八号，又一次从地砖下取出那封信。牛皮纸信封的颜色已经暗得几乎失去了光泽，薄薄的一封信拿在手上，竟变得沉甸甸的。这是组织交给他的机密，到他手里后，就再也没有被送出去。他不知道里面到底是一份什么样的机密。他举着信封，冲着太阳看，却什么也看不到，他呆怔半晌，重新用猪尿脬包在信封外面，放回到地砖下。

他走到院子里，此时正是丁香花盛开的季节，密密匝匝的淡紫色小花顺着墙边热闹地开着，院子里香气四溢。他站在院子当中，仰起了头。太阳有些热了，他眯着眼睛冲着太阳说：有白果吗？

他的声音空洞而又渺远。

除了徐徐地风从耳边掠过，没有人去回答他。他又重复了句：你这里有白果吗？

说完，他支起耳朵，仔细地辨别着各种声响。结果却是，院子里一片寂静，像午后的海，没有一丝波澜，一切都变得无声无息。

不知在小院里立了多久，终于又扛起磨刀的家什走了出去。

巷子里很快就响起了一阵高亢的吆喝：磨剪子嘞，戗菜刀——

解放了，一切都安定了下来，百姓们放心地在街上走着，一张张脸上充盈着幸福与满足。杨铁汉磨刀的生计明显好了起来，他走进一条胡同，放开嗓子一阵吆喝，一把把刀就明晃晃地伸到他的眼前。过来磨刀的很多人他都是熟悉的，当初他当上磨刀匠的时候还是个小伙子，十几年过去了，三十几岁的他早已是一脸胡茬儿，一副当家男人的样子。当然，磨刀技术也今非昔比。每当有人把刀递过来时，他都会认真地看一眼那人。这些熟悉的面孔往往无意中勾起他对往事的回忆。那时，他给人磨刀只是个幌子，一旦接到任务，经常放下磨了一半的刀，冲人说声对不住，家里有急事就慌慌地走了。现在，那些熟悉的面孔还在，他的心却像掉进了黑不见底的深洞，无着无落。

太阳落山的时候，他拖着疲惫的身子回到了杂货铺。几个孩子也早已回到家里，盼妮和盼春正在读高中，抗生和军军也快小学毕业了。四个孩子像一面墙似的站在他的面前，他一看到这几个孩子，就不由得想到了盼和，心情就复杂起来。

彩凤依旧在忙碌，杂货铺的生意也比以前好多了，她里里外外地忙着，没有闲着的时候。现在，当一家人围坐在一起吃饭时，小小的饭桌就显得很拥挤了，盼妮和盼春就会端起碗，在碗里夹些菜，站到一边去吃了。

他抬起头，看着长大的盼妮和盼春，心里就沉一下，时间过得真快呀！盼妮和盼春送到他这里已经十年了。十年的风霜雪雨，孩子们似乎转瞬间就长大了，可他还没有把他们送出去，完成组织交给他的任务。他的心里顿时沉甸甸的。这时，他又看到了军军和抗生，军军也已经十三四岁了，长成了半大小子。抗生的眉眼也越来越像大河，看着抗生，他恍惚就像看到了大河。

孩子们风卷残云般很快就吃完了，抹一把嘴，就回到房间写作业

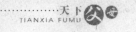

去了。饭桌边只剩下他和彩凤，彩凤把盘子里的菜扒到他的碗里，说了声：孩子他爸，你多吃点儿。

自从有了盼和，彩凤就一直这么喊他。现在，盼和没了，她仍然没有改口。他听了，嗓子一阵发堵，面前的饭就再也吃不下去了。他放下碗，悠长地叹了口气。

彩凤也意识到了什么，躲在一旁抹起了眼泪，一顿饭就这么吃得没滋没味的。

晚上，躺在床上时，两个人也是辗转难眠。他又莫名地叹了口气，彩凤干脆坐起身，在黑暗中望着他。半晌，她终于憋不住说：有些话我不该问，可我还是想问。

他的身子动了动，似乎等着她继续说下去。

彩凤压低声音说：现在都解放了，你还没有找到吗？

听了她的话，他身子一颤，半晌没有说话。

嫁给他这么多年，彩凤对他的身份一直揣着明白装糊涂，即使是这些孩子她也从来没有多打听过一句，只是尽心尽力地照顾着他们。尽管他从没有对自己明说过什么，但她相信自己的直觉。

他望着她，半晌才摇了摇头。

你去县委找过了？她问。

他迟疑了一下，还是点点头。

县委也没有你要找的人？她又问。

这次他没点头，也没摇头，索性从床上坐了起来。

屋子里一片静寂，过了一会儿，黑暗中她幽幽地说：联系不上也好，这些孩子我都带习惯了，要是他们冷不丁走了，我会不习惯。

他的心咚咚猛跳了几下，突然，他用力抓住她的手，压低声音说：彩凤啊，这几个孩子的事你对谁也不能说，记住了？

彩凤望着他，认真地点点头。

他又用力地攥了攥她的手，把她拥到怀里。忽然，她轻声啜泣起来，他不解地望着她。她用手捂着脸，哽咽着：孩子他爸，我想咱们的盼和。

她的一句话，让他的眼泪一下子就流了下来。如果不是因为自己，盼和就不会死。他忘不了敌人把盼和扔到井里的一刹那，更忘不了盼和那双惊惧的眼睛和凄厉的尖叫。有许多次，他在梦里听见盼和在喊他，梦见盼和从高处落下来，他伸手去接时，人就从梦中醒了过来。醒了后，他仍在喊着盼和。他呆呆地坐在黑暗里，满身是汗，满脸是泪。他捂住脸，一遍遍地在心里说着：盼和，爸对不住你。眼泪顺着指缝点点滴滴地流下来。

他醒了，彩凤也就醒了，当他躺下时发现彩凤的枕头已经湿了一片。他一把抱住彩凤，哽着声音说：彩凤，我对不住你啊——

彩凤把头埋在他的怀里，半晌才说：孩子他爸，要不咱再生一个吧？不管是男是女，都叫盼和。

他慢慢松开了她，望着无边的黑暗，重重地吐出一口气说：不用了，咱们有那么多孩子，多一个、少一个也没啥，再说盼妮他们都是咱自己的孩子。

彩凤不再说话，眼睛直直地看着他，泪水慢慢地流了出来。

此时，听到彩凤又提起盼和，他的心又一次刀剜般的刺痛。看着彩凤伤心的样子，他只能小声地劝慰着。

在以后的日子里，杨铁汉每一天都怀揣着希望，肩着磨刀的家什，一路地吆喝着：磨剪子嘞，戗菜刀——

直到晚上，当他把杂货铺的大门关上，他才长长地嘘一口气。一天就这么结束了，明天他又将迎来一份新的等待。

在漫长的等待中，解放军的百万大军过了长江。新中国也成立了。

接下来，海南也解放了，穷途末路的国民党逃到了台湾。

又是个不久，抗美援朝爆发了。

这一年，盼妮和盼春高中毕业，军军和抗生也顺利地上了中学。

## 参军

高中毕业的盼妮和盼春，已经是大人了，他们嘴上挂着的都是一些新名词。那时的社会正日新月异地发生着变化。抗美援朝爆发后，全国人民的目光都投向了朝鲜，人们也就是在这个时候知道了鸭绿江。部队正源源不断地登上一列列火车，开进东北，开赴了前线，全国上下掀起了抗美援朝、保家卫国的热潮。

这天，盼妮和盼春喜气洋洋地从外面回来，抢着向杨铁汉和彩凤说：爸，妈，我们要去当兵。

杨铁汉正在杂货铺门前拾弄磨刀的家什，彩凤也在仔细地整理着货架。这是一个阳光明媚的好日子。

盼妮和盼春就在这美好的日子里，说出了这句石破天惊的话。

杨铁汉手里的磨刀石"当"的一声，掉在了地上。盼春走过去，把掉在地上的磨刀石拾了起来，郑重地放在杨铁汉面前，又低声说了句：爸，我和盼春想去当兵。

这时彩凤也回过身，睁大眼睛望着两个孩子，待她听明白后，她的目光和杨铁汉的目光碰到了一起。

那些日子，满大街都贴满了红红绿绿的标语，口号声也一浪高过一浪，征兵站的门前挤满了适龄的男女青年。

当杨铁汉听到孩子说出这样的话时，他缓缓抬起头，没有去看两个孩子，而是将目光投向了很远的天边。那一刻，他想到了自己和大河，还有县大队的那些战友们，半晌，他把目光收了回来，落在两个孩子的身上。盼春急切地说：爸，我和姐都报名了，两天后就走。

他望着盼妮和盼春，突然，眼里滚出了两滴眼泪。他扭过头，不让孩子们看到他的眼泪。他最后就蹲在了地上，盯着自己的脚尖说：你们两个真想当兵？

盼春也蹲在了地上，激动地说：保家卫国是我们每一个新中国公民的责任。

他又一次抬起了头，望着盼春，他看见盼春的眼睛一闪一闪地亮着。

这么大的事，我要和你妈商量一下。

说完，他拉着彩凤进了里屋。

孩子他娘，盼妮和盼春要去当兵了，你看这事儿——

他犹豫地看着彩凤。

彩凤也心事重重地说：要是自己的孩子咱咋着都行。

杨铁汉也正是因为这个要才和彩凤商议一下，他知道彩凤不会说出明确的意见，但他还是要和她商量一下，似乎只有这样，他才能踏实。对两个孩子要当兵，他打心眼里高兴，可他就这么答应了，万一两个孩子走后，组织上来找，他又如何向组织交代呢？想到这儿，他又有些茫然。彩凤也没有更好的主意，看来，主意还是要自己拿了。

晚上，他坐在杂货铺外的空地上，望着满天的星斗前思后想着。不知过了多久，盼妮和盼春轻轻走到他身边，挨着他坐下了。

爸，我们知道你心里想的是啥？

他看着眼前的盼妮。盼妮已经是十八岁的大姑娘了，刚来时她还是个七八岁的黄毛丫头，睁着一双黑黑的大眼睛，不冷不热地看着他。时间过得真快，以前的一切，恍似就发生在昨天。

盼妮说：爸，这么多年了，你和妈把我们养大不容易，到哪儿我们都不会忘记你和妈对我们的恩情。没有你们就没有我们的今天。

盼妮说完，就把身子和脸偎过来，贴在他的肩头。

他的心热了一下，又热了一下，鼻子就有些发酸，所有的风风雨雨、酸甜苦辣在盼妮的一席话中都荡然无存。他哽着声音说：盼妮、盼春，爸再问你们一遍，你俩真的想去参军？

盼春急不可耐地拍着自己的胸脯：爸，你放心，我们参军后决不给

你脸上抹黑。现在，新中国需要我们去保卫，您没看美国人都把战火烧到我们的家门口了。

看着激情四溢的盼春，他仿佛看到了年轻时的自己。参加县大队时，他也正是盼春这个年龄，那时他觉得自己浑身上下有着使不完的力气。

他站起身，两个孩子也站了起来。他紧紧地拉住盼妮和盼春的手说：你们要去参军我赞成，如果爸再年轻个几岁，爸也会和你们一样，可是——爸得为你们负责啊！

爸，我和盼春已经长大了，又不是小孩子，我们能对自己负责。

盼妮这么说了，杨铁汉就知道两个孩子决心已定，他们真的就要走了。没有等他再做出反应，盼妮就撒娇地抱住他的胳膊说：爸，你真好！你答应我们去参军了是不是？

见盼妮这么说，盼春也一脸期待地看着他。

杨铁汉面对着眼前的一对儿女，一颗心就软了，此时的他还能说什么呢？

盼妮和盼春临走的那天早晨，彩凤起了个大早，她把家里所有的面都和了做糖饼。糖饼烙好后，她又小心地用包袱包好，准备给两个孩子带在路上吃。

盼妮和盼春早早就穿上军装，亲热地和一家人做着告别。他们拉着军军和抗生的手说：弟弟，姐姐和哥哥要去参军了，你们一定要好好学习，听爸妈的话。

军军和抗生已经是十三四岁的初中生了，他们明白哥哥和姐姐是去当兵了，两个人既羡慕又有些不舍。军军眼巴巴地望着盼妮和盼春崭新的军装说：姐，哥，你们走吧，等高中毕业了，我们也去当兵。

抗生咬着嘴唇，眼泪汪汪地看着哥哥和姐姐，一句话也说不出来。

彩凤这时就把热乎乎的糖饼放到两个人的手上，分别的时刻终于到了。

杨铁汉从屋里走出来，不由分说地从两个孩子的肩上摘下行李，背到自己的肩上，头也不回地向前走去。盼妮和盼春赶紧跟了上去，他们一边向前走，一边不停地挥着手。

彩凤向前追了两步：到了朝鲜，别忘了写封信回来啊——

盼妮和盼春就回过头说：妈，你放心吧。

彩凤已经是满眼泪水了，她努力睁大眼睛，盯着两个孩子越来越远的身影。

新兵站门前，杨铁汉立住了脚。那里已经汇集了许多的新兵，他们抓住亲人的手，一边听着家人的叮咛，一边用力地点着头。

杨铁汉把背包分别挂在盼妮和盼春的肩上，又替两个人扯了扯衣襟。他望着他们的样子，既像个父亲，又像个老兵。半晌，他终于说：孩子，你们就要走了，说心里话我舍不得。保家卫国是好事，你们记住一条，你们的父母都是好样的，到了队伍上，别给他们抹黑。

说完，他头也不回地走了。

爸——

盼春在他的身后喊。盼妮的眼泪止不住流了下来，她的声音带着哭腔：爸，你的话我记下了，你放心。

杨铁汉没有回头，他也不敢回头，他怕孩子们看到自己的眼泪。他现在既是父亲，又是个老兵，他不希望当着孩子的面流泪。

回到家的杨铁汉独自把自己关进了屋子，任凭彩凤在外面怎么喊，他都没有开门。

他坐在那里，冲着墙壁拼命压抑着自己的情感。

运送新兵的车开走了，群众欢送的口号声远远地传来，杨铁汉终于控制不住地捂住脸，失声痛哭起来。门外的彩凤不知发生了什么，一边拍打着门，一边急切地喊：孩子他爸，你这是咋的了？

盼妮和盼春走了，家里似乎一下子就空荡了许多。白天的时候，军军和抗生上学后，家里就只剩下他和彩凤了。彩凤店里店外地忙进忙

出，他坐在那里，呆呆地望着远处，半晌，他冲彩凤喊：孩子他妈，两个孩子走了有几天了？

彩凤就在屋里掰着手指头算了算说：差不多有十天了吧。

他就喃喃自语着：这也该来个信了。

想了会儿，又张望一会儿，他就扛着磨刀的家什走了出去。当他走到布衣巷时，他会走进十八号，推开吱吱呀呀的院门，进到屋里。这时他又悄悄地取出那封信，小心地冲着光亮处看一看，再把它包在猪尿脬里，放回到地砖下。他长长地嘘出一口气后，会呆呆地想上一会儿，又想上一会儿。这才站起身，走到院子里。正午的阳光白刺刺地照在身上，这时的四周很静，他又一次想到了当年在这里和老葛、小邓接头的情形——三下轻重不一的敲门声响过，就会有各种任务交到他的手上。尽管那样的工作既神秘又危险，他却乐此不疲地感到很充实。想起当年做地下工作的日子，一切仍历历在目。

此时的十八号院很静，静得他心里有些发慌。这里一切如昔，情形却再不相同。恍惚间，他又想到了盼妮和盼春，两个孩子到现在还没有信来，这让他的心里悠悠颤颤的。从这两个孩子他就又想到了盼和，想到可怜的盼和，他的心就有一种被撕裂的感觉。

彩凤也在思念着盼妮和盼春。晚上，她从梦中惊醒，坐了起来。杨铁汉也被她吓了一跳：孩子他妈，你咋了？

彩凤就带着哭腔说：我梦见那两个孩子了，他们在战场上受了伤——

杨铁汉也披衣坐了起来。两个人就在黑暗中默默地想着那两个孩子，半晌，杨铁汉才说：孩子他妈，这梦都是反着的，你咋能信梦呢？睡吧。

两个人慢慢地躺下，却再也睡不着了，彩凤喃喃地说：也不知道两个孩子现在在什么地方？他们能睡好吃饱吗？

杨铁汉就下了床，从抽屉里翻出一张地图。那是一张朝鲜地图，自从两个孩子参军走后，他就买了这张地图，有时间就拿出来地图看一看。他划着一根火柴，点上油灯，像指挥员似的看过地图后，肯定地用手指着地图上的某一处说：要是不出意外，咱们的孩子应该是在这里。

彩凤也凑过去，在地图上看到了一个黑黑的小圆点。她看不懂地图，更搞不清地图上的东西南北：那他们离咱家有多远哪？

杨铁汉也说不出具体有多远，他只知道两个孩子从家里出发，就一直向北，先是过了山海关，又过了鸭绿江，然后再北上。朝鲜到底有多远，他也说不清楚，他就在心里估算着，也许是两千公里，也许是三千？他就模糊着说：哎呀，这我也说不好。孩子好歹是出国作战，肯定是远着呢。

彩凤一听，眼泪就下来了，有几滴泪水滴落在地图上。杨铁汉忙把地图上的眼泪擦了，小心地收好地图，嘀咕着：你看你，也许没有多远，我就那么一说。

彩凤用手抹去眼角的泪水：过两年军军和抗生也大了，他们是不是也得离开咱啊？

杨铁汉没有说话，他又想到了组织。这三个孩子都是组织交给他的，如果有一天来找他要人，他就得把孩子交还给组织。到那时，任务是完成了，可孩子们也走了，他的心里又会是什么滋味呢？他说不清楚，也不敢去想。

两个人在这种无依无靠的思念中，终于等来了盼妮的来信。

盼妮在信里说：爸，妈，你们好！我和盼春分到了一个师，我在师文工团工作，盼春分到了排里。我们文工团的工作就是唱歌跳舞，为战斗部队加油鼓劲。爸妈，你们就放心吧。我们之所以参军来到朝鲜，是因为我们知道，我们的亲生父母是八路军，他们为革命献出了自己的生命。作为新中国的青年，我们也要为保家卫国献出自己的火热的青春。爸，妈，我们一离开家，就开始想念你们和弟弟了。我们知道，我们这个家是一个特殊的家庭，无论走到哪里，我们都会记住

你们的养育之恩——

盼妮这份充满理想和亲情的信，是杨铁汉读给彩凤听的。彩凤听着，眼泪就落了下来：孩子他爸，咱们的孩子真的长大了，成人了。

盼妮的信来了没多久，盼春的信也寄来了。盼春的信封有一种被火燎过的痕迹，看样子，这封信能邮寄回国内，不仅仅是远隔万水千山，还经历了战争烽火的洗礼。盼春的信写得干净、简练，他没有那么多的儿女情长，只有作为一名志愿军战士的决心。他在信里说：爸、妈，我到了朝鲜已经大半个月了，我现在正在战壕里给你们写信。一个小时前，我们连又打退了敌人的第五次冲锋，现在，敌人的照明弹还在头顶上亮着。爸、妈，我是你们养大的孩子，请你们放心，我决不会给你们丢脸，我要把立功喜报寄给你们。对了，下午上阵地前，我看见盼妮了，她现在在师宣传队，唱歌跳舞，为我们战士加油鼓劲。好啦，不多写啦，敌人又要开始新的冲锋了——

信就到此戛然而止。盼春也可能把这封信刚刚交给通讯员，又一轮战斗就打响了。

杨铁汉看着信，自己似乎也被带回到那烽火连天的岁月。有一股力量在他心底里又一点点地燃烧起来，他读罢信，长久地在心里呼唤着：孩子，我的孩子——

## 关于小菊

孩子们走了，他和彩凤心里就空了。他俩经常面面相觑不知说什么好，日子就冗长了起来。

有时，杨铁汉坐在杂货铺前，一坐就是半天，他的目光努力地寻找着天边，想着这么多年的经历，想着自己。想来想去的就想到了小菊，他的心猛地一抖，这么多年了，他从心底里从来没有忘记过小菊。在以前忙乱的日子里，小菊的影子只能在他心里飞快地掠过，或者是出现在他的梦里。他知道，小菊是个好姑娘，如果没有日本人，没有战争，他早就和小菊结婚了。生活又将是另外一番模样。有时，他望着眼前的彩凤，恍惚间就像是见到了小菊，两个人交错着出现在他的面前，让他分不清彼此。现在，时间似乎是凝固了，小菊像午后的树影，慢慢地爬上了他的心头。他对不住小菊，他在心里千遍万遍地自责着，可他也万万不能对不住大河和彩凤，更不能对不起那几个孩子。如果大河换成是自己，他相信大河也会这么做的。可他千真万确地伤了小菊的心，一想到小菊，他就想到了小南庄，思绪也一下子飞回到了往昔——

　　每天直到天黑，他才从地里走回来，远远地，他就看见小菊倚在门口。一进院子，小菊就打好水等他洗完脸后，麻利地端上饭菜。一家人吃完饭，星星早就热闹地挤满了天边，两个人坐在院外的土坡上，一起望着星星和月亮。

　　小菊向他的身边靠近一些，蚊子哼哼一般，轻声说：哥，俺都十六了。

　　他明白话里的意思，在这之前，爹娘曾跟他说过，等小菊十六了就给他们成亲。听小菊这么说，他的脸一阵发烧，燥热一下子直抵心里。他不会说什么，嘴里"噢"了一声，说：等到了秋天，地里的庄稼就熟了。

　　小菊瞥了他一眼。月光下，他看到小菊的眼波一闪一闪的，他终于鼓起勇气，用力地把小菊抱了一下。

　　小菊伏在他的耳边，一脸娇羞地说：哥，等成了亲，俺就给你生一堆孩子，让咱的日子红红火火的。

　　他更紧地揽住了小菊的腰，像紧紧地抓住了美好的未来。可惜，好景不长，日本人来了，他一腔热血地参加了县大队，他的人生就是另外一番模样了。

　　此时的杨铁汉一想起小菊，心里就五味俱全。鬼使神差地，他出了城门，直到走上了通往小南庄的路，他才清醒过来。这时，他已经远远

地望见小南庄了，他的眼睛潮湿了。他一步步向那里走去，每迈一步，他的心都被抽紧一次。他终于站到了那扇熟悉的门前，小菊正推门往外走，一抬头，看见了立在门口的杨铁汉。

小菊张着嘴，望了他好久，嘴里叫了声：哥，你回来了？

他抖着嘴唇，一脚门里、一脚门外地站在那里。

小菊猛地背过身去，肩膀一耸一耸地抽动着。

他站在小菊的身后，半晌，才抖着声音说：小菊，哥对不住你。

小菊突然"哇"的一声，蹲在地下，大哭了起来。

他蹲下身，抓住小菊的手，红着眼睛说：小菊，哥对不住你，你狠狠地打哥一顿吧。

小菊止住了哭，抽回手，抹了一把脸上的泪：俺干嘛要打你，你又没做错什么。

他望着小菊，心里狠狠地疼了一下，眼泪终于流了下来。

小菊把头扭向一边，望着院子里的某一个角落。

他知道小菊委屈，更知道小菊心里的怨恨，他慢慢站起身，走到小菊面前，一股脑地说出了他和战友魏大河之间的承诺。小菊是记得魏大河的，当他讲到大河牺牲时那双闭不上的眼睛时，小菊受不了了，她捂着嘴说：哥，你别说了。

小菊的眼泪止不住地流了下来。

他突然跪在了小菊的面前，声泪俱下地说：妹子，哥对不住你，对不住爹娘啊。

小菊抱住他，喊一声：哥，俺懂你的心。

这时的小菊已经没有了怨恨，她望着杨铁汉，眼里充满了关切：哥，你以后要照顾好自己。

他点点头，望着小菊和小菊身后空空的房子，强忍着眼里的泪水说：小菊，哥让你失望了。这家里今后也该添个人了。

小菊抹一把泪，站起身来：哥，俺自己能行，俺的事你不用操心。

说完，转身走进屋。

当小菊把做好的捞面端到他面前时，他忍不住又想起了以前的日子。每次吃饭时，小菊都不错眼珠地看着他。等他稀里呼噜地吃上一气，抬起头，看到小菊一直望着自己，就奇怪地说：看啥？你咋不吃？

小菊笑一笑，小声地说：俺就爱看你吃饭的样子。

现在，小菊还像以前一样盯着他问：哥，好吃吗？

他望着她叹了口气：妹子，你做的捞面哥一辈子都不会忘。

他埋下头，吃着面，泪水滴在碗里。小菊也背过身去，不让他看到自己的泪水。

他终于要走了。他留恋地看着这个熟悉的小院，看着小菊，许久，他说：妹子，我该走了。

他走到门口时，小菊喊住了他，她走过去，用手抻了抻他发皱的衣角。他背过身子说：妹子，你不能一直这样，哥心里难受。

小菊淡淡地笑一笑：哥，俺能照顾好自己，俺这样挺好。哥你照顾一大家子，难为你了。你以后累了，想家了，就回来看看。

他不再说话，怕自己的眼泪掉下来。他知道，这辈子小菊也不会走出他的心了。

他走了很远才回了一次头，他看到小菊还立在那里，遥远地望着他。

他转过头时，泪水再一次涌了出来。


# 朝鲜

盼妮作为一名文工团员走向异国他乡的那一瞬间，她觉得天地一下子广阔起来。这里到处是激昂的战歌，到处都是热血沸腾的部队，她的情绪顿时被点燃了。

每次为一支即将出征的队伍演出时，她的嗓子都会被唱哑。当她

目送着部队出征的身影时，她的心里就有一种隐隐的不安。当初，她下决心和同学们一起报名参加志愿军时，她没想到自己会成为一名文工团员。她的梦想是扛起枪豪迈地走向战场。结果，她却被分配到了文工团，而弟弟盼春如愿地走上了前线。因为自己没有扛上枪，她还和盼春激烈地吵了一架。

他们在丹东一起接受了新兵的培训。那时，两个人还在一起拿着枪操练，也打过靶，盼妮打靶的成绩一点也不比盼春差，甚至还比盼春多了一环。当时盼春的鼻子就气歪了，他故意地在盼妮面前显摆着：你多一环有啥用？你们女的照样上不了战场。

盼春的话似乎成了一句预言，结果，到了朝鲜后盼妮果真被分配到了文工团，盼春去了战斗部队。盼春扛着枪，一遍遍地在盼妮面前晃来晃去：咋样，你们女的就是女的。

盼妮当初报名参军就是想扛枪打仗，那时她对部队还不了解，觉得自己报名参军了，就一定会拿起枪，奔赴战场。现在，她是奔赴了战场，却没有拿起枪。她目前的武器只有自己的一副嗓子，她对这样的状态极不满意。到文工团后没多久，她就找到了团长老赵。老赵是文工团的老资格了，在延安的时候他就是名文工团员，能写会画，能唱会跳。一直在文工团工作的老赵似乎磨出了一副好性格，遇到什么事似乎都不着急，说话办事总是慢条斯理的，说话像唱歌一般。

盼妮到文工团不久，就找到了斯斯文文的老赵，她说：团长，我不想在文工团干了，天天唱歌跳舞，又不打仗，没意思。

老赵就上上下下地把盼妮看了一遍，然后慢悠悠地说：文工团也是工作啊。

可我不想干这份工作了，我要去前线，到战斗部队去！

老赵就笑了，他伸出手，似乎想拍拍盼妮的肩膀，觉得不妥，就把手缩了回去，但他还是做着盼妮的思想工作：问题是前线没有女兵啊！女兵的工作不是在医院就是在文工团。

我不信！我的枪打得很准，我就要上前线！

盼妮摆出一副和老赵软磨硬泡的架势。

老赵就说：盼妮同志，按说你的想法是好的，我应该支持。可你去不去前线，我说了不算。

盼妮似乎看到了希望，她睁大眼睛：那你说谁说了算？

老赵干脆地说：武师长，咱们师的事情都是武师长说了算。

也就是从那一刻起，盼妮就记住了武师长。

武师长盼妮是见过两次的，一次是新兵刚到部队时，武师长给他们讲了一次话。武师长在他的印象里有些黑，因为黑，人就显得孔武有力，他声音洪亮地冲着新兵们说：你们是怀着一腔热血来朝鲜保家卫国，作为新兵，你们要有不怕流血牺牲的精神，不要给我们这支英雄的部队抹黑。

盼妮到了部队之后，才了解了这个师。这个师有着光荣的传统，从延安到冀中，在抗日战争结束后，又开赴到东北的前线，一路南下，直至把蒋介石的部队赶到了台湾。此时，又挥师北上来到朝鲜，保家卫国。

盼妮第二次见到师长是在行军的路上。前面一支队伍的一辆卡车坏在了路上，许多部队都拥挤到了一起，不能前进，也不能后退。盼妮所在的连队是尖刀连急于赶路去执行任务，此时正走在队伍的最前面，他们执意要把坏掉的卡车推到山下去，另外一支部队坚决不同意。两支队伍就吵吵嚷嚷地争执起来。

这时的武师长骑着马赶到了，他的身后是通讯员和作战参谋。武师长的到来让队伍暂时安静了下来，他打马上前，待问明情况后，他挥起马鞭下了命令：把这辆车给我推下去。

受了师长指示的尖刀连，"嗷"的一声叫，就要去推车。另外一支队伍不干了，上前用身体护卫住卡车，一个连长模样的人坚决地说：不行，没有我们首长的命令，谁也不能动这辆车。

武师长火了，他跳下马，拔出腰间的枪，冲着那个连长的脑袋比画着：小子，你耽误了我们部队打穿插，你担当得起吗？

那个连长梗着脖子，认死理地说：我只听我们首长的，别人的话我谁也不听。

武师长手里的枪就响了。他是冲天上开了一枪，枪声一下子就把对方震住了。武师长大吼一声：谁不听命令，就地枪决！

说完，又冲自己的尖刀连说：还不快去推！

尖刀连的人一拥而上，扒拉开阻拦的人群，一用力，那辆卡车就被推下山崖。路通了，部队又可以继续前进了。

武师长打马向前奔去。

这样的场景把在场的所有人都看呆了，文工团凑上来是看热闹的。当盼春经过盼妮面前时，盼春挤眉弄眼地说：咱们师长真牛！

说完，还伸出大拇指在盼妮面前比画了一下。

那位连长眼瞅着卡车被推下山，带着哭腔喊着：土匪，你们师个个都是土匪，我要去军里告你们！

这次，武师长给盼妮留下了很深的印象。

团长老赵让盼妮去找师长理论，这并没有难倒她，她当即冲老赵说：去就去！

盼妮果然找到了武师长。部队正在一个朝鲜的小村子里休整，师部就设在一间民房里。

盼妮很容易就找到了师部。她在师部门前停住脚，冲里面喊：报告。

一位参谋走出来，看了看盼妮问：同志，你有事？

我要找师长。

师长正在工作，你有什么事跟我说吧。参谋和蔼地看着她。

不，我就要见师长，这事只有他能解决。

谁呀？两个人正说着，武师长披着一件衣服走出来。

参谋退到一边，盼妮上前一步：师长，是我找您。

武师长眯着眼睛看了她一眼，就把眼睛睁大了。

武师长嘴里"咦"了一声，端在手里的一杯水差点洒了出来。

半晌，师长说：是你找我？

武师长说话时的目光一直没有离开过盼妮。

盼妮毫不胆怯，脆生生地说：我是文工团员杨盼妮，我要求参加战斗部队。

武师长忙把水杯递给身边的参谋，走上前来问：你叫盼妮？

盼妮立正答道：是，我叫杨盼妮。

武师长一下子显得手足无措起来，他上上下下又认认真真地把盼妮打量了一遍，这才说：快，你进来说。

武师长率先走进屋里，还拉了一张凳子让盼妮坐。盼妮不坐，站在那里，嘴里强调着：师长，我要去战斗部队。

武师长歪着头说：你是不是还有个弟弟叫盼春？

这回轮到盼妮愣了，半晌道：师长，你认识我弟弟？他叫杨盼春，现在在我们师的尖刀连。

武师长的手在抖，他张大嘴巴，怔怔地望着盼妮。

盼妮的样子颇有些不解。

武师长欲上前，走了一步，又停住了，抖着声音问：你说你要干吗？

盼妮挺胸答道：我要去战斗部队，不想在文工团干了，唱歌跳舞的没意思。

武师长听了她的话，嘘了口气，喃喃着：太巧了，真是太巧了。

您说什么？盼妮越发得糊涂了。

武师长挥挥手说：没什么。然后，望着她又说：你回去吧，有空我会去找你。

盼妮不明就理地说：师长，我的事你还没答复呢。

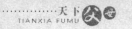

这时，参谋走了过来：同志，首长正在研究敌情。师长已经说了，有空他会去找你。

盼妮只能无奈地走了。走到门口，又回过头：师长，我还会来找你的。

武师长没说话，用一种奇怪的眼神目送着她远去。

直到盼妮走远，武师长才背着手，一遍遍地在屋里走来走去，嘴里一直叨咕着：孩子，我的孩子。

一旁的参谋不知发生了什么，望着武师长说：师长，你怎么了？

武师长抬起头，冲身旁的参谋说：小于，你给我查一查，现在尖刀连在什么位置？

参谋来到地图前，看一眼地图，指着上面的一个地方说：尖刀连在五公里外的大榕树村。

武师长一边系着衣扣，一边喊道：备马，我要去尖刀连。

警卫员很快牵来了师长的马，师长迫不及待地飞身跃了上去，身后紧跟着参谋和警卫员。三匹马箭一般直奔大榕树村而去。五公里的路程并不遥远，武师长却仍觉得马跑得很慢，他不停地用马鞭抽打着马，随在后面的参谋和警卫员不知发生了什么紧急情况，一路策马跟上。

当三人出现在大榕树村，远远地看见了站在村头的卫兵时，武师长的马一直跑到卫兵跟前，武师长才翻身下马，把马缰绳甩给身后的警卫员，冲卫兵道：你们连长在哪里？

在卫兵的带领下，武师长很快就来到了尖刀连的连部。在战时休整期间，师长带人到连队转一转，看一看，也是正常的事情。连长走出来，敬礼说：报告师长，尖刀连正在休整。

武师长走进连部。这是一间普通的民房，被临时征来做了连部。武师长坐在一张凳子上，冲连长说：你们连有个叫盼春的兵吗？

连长就说：您说的是三班的杨盼春？

武师长点点头：去把他给我叫来。

连长不知发生了什么，冲通讯兵喊：马上到三班把杨盼春叫来，让他跑步到连部。

通讯兵刚走，武师长就站了起来，在屋子里转来转去，样子显得很焦灼。

师长到了尖刀连，一见面就见一个叫杨盼春的战士，大家都不知道发生了什么事。参谋和警卫员一直站在院外，连长在屋里陪着师长，目光却一直随着师长的身体不停地转动着。

不一会儿，通讯兵带着盼春气喘吁吁地来到了师部。盼春听说是师长叫他，有些紧张，又有些担心，不知道出了什么事。师长他是见过的，听师长在队伍前讲话的时候，他曾离师长很近，师长的声音洪亮而坚定。在全师所有人的心目中，师长是这个师的骄傲。盼春被分到这个师的时候，就了解了师长的传奇经历，师长不仅参加过红军反围剿战斗，还带着八路军的一个团直插敌后，在冀中滚雪球似的把队伍壮大了起来，最后发展成了独立师。解放战争爆发后，他的独立师又成了解放军的二十一师，挥师北上后，又以东北自治联军的名义收复失地，和国民党抢时间，接收投降的日本部队。以后，又参加了四保临江的战斗，围长春，战四平，及至徐州战役，直到把国民党打到了台湾。就这样，武师长的名字和他的部队一样变得著名起来。此时，这支著名的部队又来到了朝鲜，打响了保家卫国的战斗。

盼春和每一个刚入伍的新兵一起，到了部队不久，便了解了这支有着光辉战史的部队，同时也领略了武师长的风采。现在全师上下，都为自己能是这个师的一员而感到骄傲。

在盼春的心里，武师长既传奇又神秘，此时，他站在师长面前，内心既激动又紧张。

武师长站在盼春面前，好半晌没有说话，他一会儿瞪大眼睛，又一会儿把眼睛闭上，仔仔细细地打量着盼春。终于，他上前一步欲伸出手时，却又及时地收了回来。他似乎用颤抖的声音问：你就是盼春？

盼春立正回答：报告师长，我是尖刀连一排三班的杨盼春。

武师长就围着盼春转了一圈，又转了一圈，嘴里不停地说：好，好啊！

盼春不明白师长这是咋了，周围的人也看不明白师长的举动，他们都被眼前的师长搞糊涂了。

武师长停下来，把一只手有力地搭在了盼春的肩头。盼春的身子一颤，抬起头来，莫名其妙地望着师长。

好！

武师长赞叹道。接下来，就冲警卫员喊：牵马来，咱们回师部。

武师长骑上马，又深深地望一眼盼春，挥起马鞭，冲了出去。

师长走了，留下发愣的连长和盼春。盼春一直望着师长和他的马消失在村口。

连长抓抓头，喃喃自语着：师长这是咋了？

然后，他又把目光对准盼春问：你以前认识师长？

盼春摇摇头。

连长也奇怪地摇摇头。

武师长一直回到师部，心绪依然难以平静。警卫员给他倒了一缸子水，他接过去，一口气喝了，用手背抹一把嘴。他万没有想到，失踪多年的一对儿女竟然与他在朝鲜不期而遇。

一想到这两个孩子，武师长就一阵心酸。

这对双胞胎姐弟是在延安出生的，武师长的爱人王静是投奔延安的学生。在延安时，他和王静结婚后，很快就有了这一对双胞胎儿女。后来，他带着队伍响应中央深入敌后开辟根据地的号召，带着一个团到了冀中。可以想象，一个独立团深入到敌后，就像一叶扁舟漂进了大海，风雨飘摇。敌人一次又一次的扫荡，让还没站稳脚跟的独立团吃尽了苦头，部队只好化整为零和敌人打起了游击战。

王静带着两个孩子就是那个时候和队伍分开的。当时，王静被安置到堡垒户的家里。随着根据地的不断扩大，分开的独立团渐渐又组织在一起，但困难还是很多。那时的形势是敌强我弱，独立团虽然聚集在了一起，但还是处于打游击的状态。

王静和孩子躲在老乡家里，为了不引起更多人的注意，当时的武团长很少和孩子们见面。偶尔队伍在村外路过时，武团长才摸到堡垒户家里，看上一眼熟睡的孩子，就又偷偷地走了。

直到有一次，日本人要去偷袭独立团的大本营，无意中却被堡垒户和王静看到了。那天，他们正在山上砍柴，鬼子在山沟里绕路前行，堡垒户李大哥一拍大腿说：坏了，鬼子这是要去袭击独立团。独立团此时正在离这儿十几里外的一个村子里休整，两天前，独立团刚刚在附近截获了鬼子的运粮车队，此番鬼子的偷袭也正是要把粮食再抢回去。

发现了鬼子，情形就万分危急了，王静当机立断道：大哥，我去独立团送信儿，我一个女人家不容易引起敌人的怀疑。

那我去把敌人引开，好让独立团做转移。

两个人已经没有更多的时间了，说完就分头行动了。

李大哥站在山头唱起了梆子：说起那萧和和韩信，大风夜里人来急——

他的梆子刚开始的确引起了鬼子的警觉，他们停下来，听着这突然响起的声音，但很快，他们就搞清楚了，这不过是砍柴的汉子唱出的动静。鬼子们不再犹豫，继续向前开进。

李大哥为了吸引敌人，在山上一边跑一边唱，他还装疯卖傻地拦住鬼子的去路，冲鬼子嘻嘻笑着。很快，他就被鬼子的枪托砸倒在地，一个鬼子用枪刺对着他吼：死啦死啦地干活——

鬼子的皮靴毫不留情地从李大哥的身上踏了过去。

王静远远地看到了独立团的村庄时，也发现了身后尾随而来的鬼子。如果这样跑下去，鬼子几乎与她同时到达，她灵机一动，拼命喊了起来：鬼子来了，鬼子来了——

　　她希望自己的声音能让独立团的哨兵听见。

　　最初，王静的奔跑并没有引起鬼子的注意，是她的喊声吸引了鬼子。结果，鬼子的枪声响了，这也正是王静所希望的，只要敌人一开枪，独立团就会有所警觉。

　　鬼子的枪声响过三下以后，王静倒下了。

　　独立团听到枪声后，同时也发现了黑压压的鬼子，在敌人没有形成包围圈之前，一边阻击鬼子，一边突围。那一战独立团和鬼子纠缠了两个时辰后，终于突围成功。独立团损失了近一个营的兵力。如果没有王静的通风报信，独立团在敌人形成包围圈后，结果便可想而知了。

　　那一次，独立团撤到了外县，休整了好一阵子。

　　很久之后，武团长才知道王静牺牲的消息。接着他又得知，盼妮和盼春被地下组织送到了延安，他悬着的一颗心才稍稍安稳了一些。在他的意识里，他的两个孩子早已经到了延安。

　　日本人投降后，延安的大部队分几路大军奔向了解放全中国的战场，那时他也寻找过两个孩子，却一直没有打听到孩子的下落。但他相信，组织会把他的一双儿女照顾成人。直到解放战争结束，他还没有来得及歇口气，朝鲜战争爆发了，他又去了朝鲜。但寻找儿女的心思却一直没有断过，他曾为寻找两个孩子给上级写过报告，那份报告也已被军区转交给留守处，由他们负责寻找着盼妮和盼春的下落。然而，不断传来的消息却让他心灰意冷，当年的延安保育院发来了函件，称从未接收这两个孩子。两个孩子仿佛从人间蒸发了，这么多年来，他什么结果都想到了，甚至做出了最坏的打算，但他怎么也没有料到，他会在朝鲜的战场上见到自己的一双儿女。那些日子，他睡梦中都能笑醒过来，惹得身边的警卫员迷迷糊糊地问：首长，咋的了，有情况？

　　他就拍拍警卫员的脑袋说：没情况，睡你的。

　　警卫员一歪脑袋就睡过去了。他却再也睡不着了，不停地冲着黑暗咧着嘴笑。在暗夜里，他想象着他当着两个孩子的面把谜底揭开时，那将是怎样一番动人的场面啊！可当太阳又一次升起时，他又清醒过来，否定了他的设想，他清楚现在还不是认亲的时候，等朝鲜战争胜利了，队伍凯旋而归时才是一家人团聚的时刻。可他仍忍不住在心里记挂着盼妮和盼春。想起两个孩子，他心里就生出许多歉疚。从孩子们生下来到现在，他还没有当过一天称职的父亲，在延安时孩子还小，还不会叫爸爸；抗日战争爆发后，他又带着独立团四处打游击，把王静和孩子撤到老乡家里。好不容易趁天黑摸到老乡家里，两个孩子早已睡下，他只能一遍遍地亲吻着孩子，王静想喊醒孩子，却被他阻止了，他笑着说：等把鬼子赶走了，我们爷仨儿有的是时间在一起呢。

离开王静时，他万没有想到这一别就失去了王静，也失去了孩子。现在，两个孩子就在他的部队，只要他想见，随时都能见到自己的孩子，可是他不能，他是一师之长，有好多事情还等着他去决策。身为师长的他，只能将儿女情长压在内心深处。

武师长又一次和盼妮见面是在一次战斗前夕。文工团员站在一面山坡的两株树下，一边唱着，一边跳着，鼓励着部队源源不断地向前线开去。

武师长骑着马走在队伍里，一眼就看到了盼妮。盼妮正在唱着歌，当他的身影出现在盼妮的视线里时，盼妮不唱了，冲他走了过去。此时，他的眼里只有女儿盼妮了。他从马背上跳下来，把缰绳扔给身后的警卫员。

盼妮冲他敬了个礼：师长好！

他看着盼妮，在心里一遍遍地说：女儿，爸爸看你来了。

这时，他似乎听到盼妮在说：爸爸好！

他一惊，冲着盼妮说：你说什么？

盼妮就说：师长好！

他清醒了过来，他又是她的师长了，他公事公办地说：你们一定要注意敌人的飞机。

说完，还往天上指了指。

盼妮就说：师长，你什么时候让我去战斗部队呀？

他扬起眉毛，叉着腰说：杨盼妮同志，你现在的工作也是在战斗。

盼妮仍不依不饶地说：师长，你答应过我，可不能说话不算数。

他点点头：你的事我想着呢。等这次战役结束后，我会找你的。

文工团长老赵赶了过来，他气喘吁吁地说：师长，我们文工团在做战前演出，有啥指示？

他严肃地盯着赵团长说：一定要注意安全，别光顾着地面，还要看看头顶上的飞机。

师长放心，我们一定会注意安全。

他回过身，看着眼前源源不断的部队，又望一眼包括老赵在内的几个文工团员，冲他们笑了一下，打马扬鞭地追赶队伍去了。


这是朝鲜战场上，第三次战役中一场普通的战斗，他没想到，就是这场普通的战斗，竟成了他和盼春的永别。

战前，他登上了尖刀连的阵地。这是一场阻击战，对于身经百战的他来说，这场阻击战普通得不能再普通了。每次战斗打响前，他都要到阵地上看一看，只有这样，他作为指挥员才能心里有数。

他走上尖刀连的阵地还有一个目的，那就是看一眼盼春。经过几次战斗的洗礼，盼春已经是一名班长了，胸前挂着冲锋枪，头上戴着伪装帽，正趴在战壕里。

武师长一上阵地，尖刀连长就喊：一班长，按战斗序列保护首长的安全。

武师长每次上阵地，身后都跟着警卫员和作战参谋。他不喜欢别人对他兴师动众，从长征开始一直到现在，大小战斗他经历过无数次了，每一次的战斗，他都把它当成了一顿家常便饭那么简单。

当尖刀连长命令盼春带着一个班保护自己时，他反感地挥挥手：没那个必要。

他伸手从警卫员手里接过望远镜，向对方的阵地观望。因为站在战壕里，观察的角度受到了限制，他跳出战壕，站在了一块石头上。警卫员一看，急了：首长，你不能上去，那里危险。

他推开拉扯他的警卫员，盼春冲战士一挥手，几个人就把他围在了中间。

武师长生气了，冲盼春说：杨盼春，你怎么搞的，难道我这个师长是纸糊的，把你的战士给我撤下去。

盼春就感到很为难，他是受连长的命令来保护首长的安全，可师长又让他把战士撤下去，他一时不知如何是好，脸红脖子粗地站在那里。

武师长干脆下了命令：听我的口令，向左转，跑步走。

战士们怔了一下，还是撤了下去。

武师长又从这块石头跳到另外一块石头上。此时，师长的身边只剩下盼春和警卫员了。

盼春刚站稳脚跟，就发现了敌人阵地上探出来的一支阻击步枪，黑洞洞的枪口正朝这里瞄着。警卫员和盼春同时发现了险情，两个人几乎同时叫了一声：师长——

盼春一个箭步冲到师长面前，警卫员一把把师长拉倒了。

敌人的枪响了起来。

盼春伴着枪声倒下了。他倒下的时候仍大睁着眼睛，嘴里叫了声：师长——

武师长没有想到盼春会倒在自己的身边，他惊怔了一下，不顾警卫员的阻拦，抱住盼春，一边往后撤，一边大叫：卫生员，快!

卫生员奔了过来。那一枪不偏不倚击中了盼春的胸口，血水正汩汩地往外涌着。卫生员看了看盼春的眼睛，又摸摸脉搏，摇摇头说：师长，一班长牺牲了。

武师长大叫：把他抬下去，让野战医院尽力抢救，就说是我的

命令。

应声而来的担架队把盼春抬了下去。

那次战斗结束后，武师长在野战医院里又见到了盼春。

盼春和许多烈士一样，身上蒙着白被单安详地躺在那里。

武师长和盼春告别时，让身边的人都退下去了。他坐在地上，把盼春的头放在自己的腿上，目不转睛地望着儿子盼春。许久，他喃喃着：盼春，我的孩子，爸爸来看你了。

盼春的眼睛睁着，似乎在和父亲做着最后的交流。

他说：儿子，你从小到大还没有叫过我一声爸呢。

说着，他的眼泪顺着鼻翼流动着。

他又说：儿子，你是好样的，你牺牲在了战场上。你是爸爸的种，爸爸为有你这样的儿子感到骄傲。

他把盼春的头紧紧地搂在怀里。

他还说：我的好儿子，我是你爸爸，你睁开眼睛看一眼爸爸吧。

盼春的眼睛就那么睁着，似乎在凝视着父亲。

警卫员从帐篷外走了进来：师长，政委催你去开总结会。

他没有说话，伸出手，在盼春的脸上抹了一把。盼春的眼睛终于闭上了。他小心地把盼春放到了地上。

他站在那里，慢慢地举起了右手，向盼春和所有躺在那里的烈士敬了一个军礼，然后，缓步走了出去。

## 噩耗

盼春的烈士证书是民政局的同志送到杨铁汉和彩凤手上的。

杨铁汉怔怔地望着民政局的人，半天没有反应过来，他反复地问着：你们说啥？盼春他咋了？

民政局的人心情沉重地说：杨盼春同志在朝鲜牺牲了。

他捧着烈士证书，慢慢地蹲下身子，证书上的字却一个也看不进去。

民政局的人经常和烈士家属打交道，他们显得很有经验，说了一些安慰的话，也说了一些赞扬盼春的话，然后就走了。他们还要给别的家属送去烈士证书，他们一步两回头，心情沉重地告别了。

杨铁汉蹲在地上，彩凤站在他的身后，两个人很久都没有说一句话，像两尊泥塑。

半晌，彩凤也蹲下来，看着他手里那张证书，喃喃道：盼春回不来了。

他突然用那张烈士证书捂住自己的脸，压抑地哭了起来，一边哭，一边说：彩凤，咱们又少了一个孩子啊。孩子没了，有一天组织要是来找孩子，我可咋交代呀——

他撕心裂肺地哭着，泪水打湿了那张烈士证书。

彩凤也哭了。哭过的她走回到屋里，拿出盼春的照片摆在桌子上。她又扯了黑布把盼春的照片围上后，就呆呆地望着遗像中的盼春。往事如烟一般在眼前掠过，她还记得几个孩子刚到杂货铺时的情景——几个孩子躲在杨铁汉的身后，怯生生地打量着这里的一切。她更没有忘记盼春第一次喊她"妈"时的神态。

彩凤望着盼春的遗像，泪水又不可遏止地流了下来，她冲着盼春说：孩子，你咋没叫声妈就走了呢？你说过，你和盼妮会回来的，可你回不来了。以后，妈天天在门口等你——

杨铁汉站在杂货铺的门前，突然就觉得自己老了。自从失去组织，他最大的念想就是照顾好组织交给他的这几个孩子。只要孩子们在他身边，他就觉得自己离组织并不遥远。现在，盼春牺牲了，他没完成组织交给他的任务，这是他的失职。他身体里的力量似乎一下子被什么东西抽空了，身子软绵绵地靠在那里，寻找组织的心情又一次迫切地涌上他的心头。他要把盼妮和军军交给组织，只有把两个孩交给组织，他的任

务才算完成。

傍晚，抗生和军军回来了，他们已经是高中生了，还没进门就喊了起来：爸，妈——

杨铁汉和彩凤没有像往常那样张罗着迎出去，他们看着盼春的遗像，泪眼婆娑。

看到了摆在桌上的盼春的遗像，两个高中生自然明白了什么，他们呆怔片刻，喊道：爸，妈，我哥咋了？

烈士证书从杨铁汉的手里滑落下来，军军拾起那张烈士证书，看一眼就递给了抗生。两个孩子呆愣片刻，几乎同时扑向了盼春的遗像：哥——

军军一边流泪，一边泣不成声地说：哥，你答应我们你会回来的。

抗生也哭了，他把遗像抱在胸前：哥，你咋了，你说过要把我和军军接到部队上去，我们天天等着你，你咋就——

那天晚上，一家人望着盼春的遗像，呆呆地坐着，一副地老天荒的样子。

第二天一早，杨铁汉让彩凤把自己的新衣服找了出来。他把自己穿戴整齐后，又在镜子前看了几遍，这时，他就看见了自己头上的白发，他冲彩凤喊道：你来，帮我把白头发拔一下。

他把头低下去，彩凤伸出手，半晌，却没有动手的意思。

他抬起头：咋的了，你咋不拔了？

彩凤的眼泪一下子流了下来，她哽咽着：孩子他爸，你的头发都白了。

他悠长地叹口气，对着镜子又把自己看了一遍。从离开县大队到城里搞地下工作，一晃二十来年过去了，那时他还是个响当当的硬小伙。如今，只一夜的工夫，他的白发就爬满了头。

彩凤看着他，奇怪地问：孩子他爸，你这是去干啥呀？

他抻抻衣角说：我要去县委，去找组织。不能再等了，盼春已经不在了，我要把这几个孩子交给组织。

彩凤目送着杨铁汉消失在门前的街口。在她的印象里，杨铁汉这是第一次没有扛着磨刀的家什离开家。

杨铁汉轻车熟路地来到县委大门口，他对这里太熟悉了。以前，每一天他都会在这里路过，或者放下磨刀的家什，在这里坐一坐。望着从县委大院里进进出出的人，他高一声、低一声地喊：磨剪子嘞，戗菜刀——

他用自己的吆喝吸引着人们的注意，他总觉得进出县委的人中总会有当年的地下工作者，说不定哪一天，就会有组织的人走过来和他接头。刚开始，听到他吆喝，进出县委的人们会不时地看上他一眼，他的精神就会为之一振，挺胸收腹，神情紧张地等待着。然而，却并没有人走过来，渐渐地，他的吆喝再也挽留不住过往匆匆的脚步。

一次，一个年轻人径直走到他身边，用温和的语气说：同志，这里没有磨刀的。你别在这儿喊了，你的喊声已经影响领导办公了。

年轻人从县委出来向他走近时，他的一颗心都快提到嗓子眼了。他站起来，激动地等待着。没想到，人家是在撵他走。他冲年轻人失望地点点头，从那以后，他只是默默地坐在那里，望着进出着县委大院的人们。

一天，一个扎着白围裙、身材胖胖的厨子从县委大院里走了出来。看着厨子，他似乎觉得在哪里见过，可就是想不起来。胖厨子笑眯眯地看着他：老哥，是你呀！这么多年不见了，你现在还磨刀啊？咋又磨到县委门口了？

他怔怔地看着胖厨子，越发觉得眼熟了。胖厨子就说：老哥，你忘了，以前你给我磨过刀，那时候我也是厨子，也在这个院里。

他"呼啦"一下子就想起来了，日本人在时这个院是伪军的团部，胖厨子隔三差五就拎了菜刀到他这里磨刀。此时，故人相见，就别有一番滋味在心头了。

　　他仔细地打量着眼前的胖厨子，思绪又回到了以前的地下生活。他半晌才说：兄弟，你现在还在这儿？

　　胖厨子就笑笑：以前我给伪军做饭，日本人投降后，我又给国民党做饭。现在，是共产党的天下了，我就给县委的同志做饭。我这人做了一辈子饭了，不让我做饭，我还不习惯哩。

　　他接过胖厨子手里的刀，看着胖厨子，就有了沧海桑田的感觉。他望着胖厨子喃喃着：兄弟，你也老了啊！

　　胖厨子蹲下身，一边卷烟，一边说：都经历这么多事了，这都多少年了，能不老么？

　　当他把磨好的刀递给胖厨子时，胖厨子接过刀，从兜里掏出几张毛票递给他，然后，一歪一歪地向县委大院走去。

　　他望着胖厨子的背影，一直走进县委大院，心里有就有了一种异样的感觉。他恍然觉得，走进县委大院里人应该就是他自己。

　　此时，他穿着簇新的衣服出现在县委大院门口。他停下脚步，抻了抻衣服，继续往前走去。门卫及时地拦住了他：同志，你不是那个磨刀师傅吗？你有什么事？

　　他望着门卫，声音洪亮地说：我要找县委，找书记说话。

　　门卫上上下下地把他打量了，依然公事公办地说：县委是办公的地方，这里不磨刀。

　　他一脸严肃地盯着门卫：我不是来磨刀的，我找书记有大事汇报。

　　门卫又把他仔细地打量了，说一声：你等一会儿。

　　门卫拿起电话说着什么。很快，一个年轻人从楼里走了出来，门卫介绍道：这是县委的朱秘书，有事你冲他说吧。

　　他见过这个朱秘书，就是那个撵他走的年轻人。朱秘书自然也认出了他，朱秘书见到他就笑了：师傅，今天不磨刀了，你找书记有什么事？

　　他望着眼前的朱秘书就有些激动，当年他的下线小邓差不多就是朱秘书这个年纪。他是亲眼看着小邓被敌人五花大绑押赴到了刑场。看着眼前的朱秘书，恍似见到了小邓，他一把捉住朱秘书的手，哽着声音说：同志，我要见书记，我有大事要向书记汇报。

朱秘书还是那副表情，不急不躁地说：书记很忙，有什么事你就和我说吧。

他望着朱秘书感慨不已，自己搞地下工作时朱秘书也就是个孩子，他摇着头说：这事跟你说不清，要是书记忙，那我就在这里等。他什么时候忙完工作，我再见他。

朱秘书拍拍他的肩头，说了句：好吧，我跟书记汇报一下。

朱秘书走了。不一会儿，朱秘书又回来了，冲他说：你跟我来吧。

他随着朱秘书上了楼。推开一间办公室的门，朱秘书冲他说：这是县委的秦书记，有什么事你和书记谈吧。

他站县委书记面前，内心一阵翻腾，眼前就是自己日思夜想的组织，他的喉头牵动着，嘴角颤抖，有许多话要对组织说，千言万语却又无从说起。他面色潮红，情绪激动地站在秦书记面前。

秦书记陌生地打量着他，温和地说：同志，你有什么事？

他艰难地说：我要寻找组织。

秦书记就把手里的笔放下了，翻阅的文件也放下了，一脸不解地看着他：组织？什么组织？

他横下一条心，一副豁出去的样子：报告秦书记，我是地下交通员，我的上级是老葛，下线是小邓，他们都牺牲了，我和组织就失去了联系。现在，我要寻找组织。

秦书记的表情越发显得有些吃惊。

我是解放前的地下交通员，我的上线和下线都牺牲了，我一直在等着组织和我联系，可没有人来和我联系。

他喋喋不休地重复着，眼泪不知何时流了下来。

秦书记站了起来，认真、严肃地听他说完后，拍着他的肩膀说：同

志，你别着急，慢慢说。

说完，秦书记拉了一张椅子让他坐下，又让朱秘书给他倒了杯水，鼓励他继续说下去。

他点点头，从县大队说到省委的特工科，又从老葛和小邓说到那三个孩子，还有那封没有来得及送出去的信。

他说的时候，秦书记一直认真地听着。他一口气说完了，仿佛终于卸下了身上背了多年的包袱。

秦书记一边听，一边做着记录，并不时地在有些细节上仔细核对着。他说完了，秦书记这才抬起头来问：你现在还有证明人来证明你吗？

他摇摇头。这时他又想起了县大队的肖大队长和刘政委，还有魏大河和特工科的李科长，但他们也都相继牺牲了。

秦书记就冲朱秘书说：你把组织部张部长叫来。

朱秘书应声而去。

很快，朱秘书和张部长就来了。秦书记向张部长介绍道：这位同志说，他是解放前的地下交通员，这里的情况你比较熟悉。

张部长听了秦书记的介绍，开始仔细地打量起他。

秦书记又说：杨铁汉同志，张部长曾经是这里的情报站长，他也是做地下工作的。

他"腾"地站了起来，望着眼前这位不曾谋面的情报站长，终于明白，自己以前的工作就是在张部长的领导下展开的。他猛一激灵，一下子想起了接头暗号，他盯着张部长说：有白果吗？

张部长怔了一下，一脸茫然地看着他。

他又问了一句：有白果吗？老家的人病了，急需白果。

张部长似乎在记忆里搜寻着，终于，他好像想起了什么，伸出手握着他说：同志，你这接头暗号早就不用了。日本人投降前，县里的地下组织遭到破坏，为安全起见，重新制定了接头暗号，联络地点也变了。

他听了张部长的话，似乎见到了亲人，这么多年的期盼和等待在这一瞬间爆发了。杨铁汉突然一把抱住张部长，痛哭失声道：没人通知我啊！我天天等，夜夜盼，可一直没人和我联系，我都等了你们十多年了呀——

暗号终于对上了，杨铁汉又找到了组织。他做的第一件事，就是把十几年前组织交给他的那封没有送出去的信，从布衣巷的地砖下取出来。

信封几乎失去原有的颜色，轻飘飘的信封拿在他的手上，犹如千斤。他紧紧攥着信封来到县委，在把信封郑重地交给张部长的一刻，他心里的一块石头仿佛落了地。他抱着这块沉甸甸的石头已经很久了，突然落下的石头，一下子让他轻松下来。

张部长接过牛皮信封，端详了很久，才拿过一把剪刀，小心地剪开了信封。张部长把信封里的一张纸抽了出来，他看见纸上盖了枚已经发暗的印章。张部长低头看着，他看了一遍，又看了一遍。

杨铁汉站在一边紧张地等待着，这就是他苦苦等了十几年，却没有送出去的信。他不知道那是怎样的一封信，但他清楚，组织的机密永远是最重要的。

张部长终于抬起头来：你从来没有看过这封信？

他摇摇头：这是老葛让我转交给下线小邓的。我刚拿到信，他们就被捕了，我就一直把它藏在地下，已经有十几年了。

张部长一副不可思议的样子，他把那封盖有印章的纸片轻轻推到他面前：看看吧。

他拿过那张薄薄的纸片，看了一遍，又看了一遍，他的手开始发抖了。信的内容很简单，这是一份入党证明，证明的不是别人，正是他杨铁汉自己。那上面写着：经冀中地下省委组织部研究决定，特批准白果树（杨铁汉）同志为中共地下党员。落款是地下省委的全称。

短短的几行字，杨铁汉一连看了好几遍，他看完信便跌坐在椅子

上，手里的那张纸一飘一飘地落在了地上。

这封转交地下县委备案的信竟在他手上停留了十几年。他把这封信作为绝对的机密封存了十几年，没想到，这封组织的机密竟是关于他自己的。

他弯下腰，把那封信捡了起来。看着上面的几行字，他的泪水又一次流了下来，他喃喃着：你咋才来呀？

张部长激动地从座位上站起来，走到杨铁汉面前，紧紧地握住了他的手：白果树同志，让你受苦了。

久违而亲切的称谓，让他终于感受到了组织的温暖，他在张部长面前控制不住地哭哭笑笑着。

张部长摇着他的手说：白果树，不，杨铁汉同志，你的地下工作已经结束了。你的情况我立即向秦书记汇报，请你等待组织的安置。

他终于找到组织了，他的任务也终于完成了，这是他心里最急迫的，至于对自己的安置他并不关心。他不知道自己是如何离开县委的，只模糊记得刚一走出县委大门，他就飞跑起来。他一边跑，一边呼喊着彩凤的名字。

他跑到杂货铺门口，彩凤惊诧地迎了出来。他一把抱住彩凤，扯着她原地转了几个圈。彩凤对他这种张狂的举动显然很不适应，她在他的怀里一边挣扎着，一边着急地说：你咋了，这是咋了？

他气喘吁吁地松开彩凤：彩凤，我找到了，我终于找到了。

彩凤惊怔地看着他：你找到什么了？

我接上头，我找到组织了。

彩凤望着他，突然，眼泪就流了下来。在杨铁汉苦苦等待的十几里，尽管他从没有对她说过自己的真实身份，但她依然无怨无悔地陪着他历尽风雨和磨难。这时的彩凤就想到了盼妮和盼春，眼泪便不可遏止地奔涌而出。她默默地转过身，走进屋子里，桌子显眼的位置摆放着盼春的照片，盼春正端着玩具枪，笑嘻嘻地看着前方。

旁边的盼和坐在小木马上，一脸天真地看着哥哥。这是盼和出事前几天照过的唯一一张照片。

彩凤望着一大一小两个孩子，泪眼婆娑地双手合十，嘴里喃喃地说：孩子，你们的爸终于找到组织了。妈要告诉你们，你们的爸是地下党。孩子，妈的话你们听到了吗？

杨铁汉站在彩凤身后，目光越过她的头顶，望向照片上的孩子们，眼睛又一次湿润了。

几天以后，朱秘书找到杨铁汉，又一次把他请到了县委。张部长对他的工作进行了新的安置，具体工作是分管烈士的善后事宜。当时许多的地方政府都设立了一个临时性机构，叫烈士安置办公室，有点类似于现在的民政局。

从此，他告别了磨刀匠的身份，每天进出于县委大院，落实那些有名没名的烈士的善后工作。

不久以后，城南的一座烈士陵园建成了，有名无名的烈士墓都被迁到这里。这里不但躺着肖大队长和刘政委，还有魏大河和县大队的那些战友们。当然，老葛和小邓也在这里安息，杨铁汉还是在整理烈士的资料时，才知道老葛并不姓葛，而是姓何，叫何全壮。小邓也不姓邓，叫刘长顺。

一座座烈士的墓碑，像一排排整齐的方阵，黑压压、密麻麻地立在烈士陵园。杨铁汉站在这里，仿佛又回到了县大队——他正走在县大队出征的队伍里，和熟悉的战友们，迎着枪炮声和连天扯地的喊杀声。一切恍如梦中。

那以后，他会经常来到烈士陵园，小心地擦拭着墓碑上熟悉的名字，然后，这里坐一坐，那里看一看，嘴里絮絮叨叨地说着。每到这里，他似乎就又回到了从前，他用力地擦一把眼睛，仿佛又看到了自己的年轻时的影子——他冲啊杀的，奔跑在硝烟中。

# 朝鲜

盼妮得知盼春牺牲的消息，是在那一场战役之后。

盼春和他的战友被掩埋在一座山坡上。盼妮捧着一束金达莱站在盼春的坟前，此时，她的眼里已经没有了眼泪。她轻轻地叫一声：盼春，姐来看你了。

风吹过来，草地浪一般地一涌一涌的，像盼妮起伏不定的心情。

在盼妮的记忆里，革命者的牺牲已经太多太多。母亲牺牲时她不在身边，但她知道母亲是为了引开鬼子，才再也没有回来。盼和弟弟是在一家人的面前被国民党投到了井里，她的耳边至今还忘不掉盼和凄厉的哭叫。她和盼春报名参军的目的最初很单纯，就是要为母亲和弟弟盼和报仇。没想到的是，盼春却牺牲在了朝鲜，她的身边又多了一名烈士。

盼妮出现在盼春的坟前时，武师长骑着马，带着警卫员也赶到了。

盼妮回过头去，就看见了武师长。

她叫了一声：师长，我要去战斗部队，替我弟弟盼春报仇。

武师长看着眼前的盼妮，有种想把她抱在怀里的冲动，她长得太像她的母亲了。在朝鲜，他意外地见到了离别多年的一双儿女，这是他做梦也没有想到的。然而，命运却和他开了一个玩笑，儿子盼春竟为了掩护他而牺牲在他的面前。盼春做梦也想不到，他就在自己的亲生父亲身边倒下了年轻的身体。

盼春的牺牲震撼了武师长，他不想再错过盼妮了。他要认自己的女儿，这么多年，他欠女儿的太多了。他找到了刚从战场上撤下来的文工团，才知道盼妮去了盼春的坟地。他和警卫员一路赶到这里。

他望着盼妮，眼里已经含了泪，他含糊着叫了一声：孩子——

盼妮听他这么叫时，怔了一下。在盼妮的心里，师长是威严的，同时又是可敬的。

孩子，你还记得你的母亲吗？

盼妮不明白师长的用意，在她的档案里，母亲那一栏写着的是李彩凤的名字。

她不解地看着师长：师长，你认识我母亲？我母亲叫李彩凤，我父亲叫杨铁汉。

那你还记得王静这个人吗？武师长的目光紧紧地盯着盼妮。

盼妮怔了一下，用一种奇怪地眼神看着师长。她没有想到师长竟能说出自己亲生母亲的名字。母亲牺牲时她已经懂事了，她当然记得母亲的名字。

她望了师长半晌才说：师长，你怎么知道我亲生母亲叫王静？

武师长再也控制不住自己的情感了，他喊道：孩子，我就是你的亲生父亲。

说完，一把抱住了盼妮。

盼妮被眼前的变故弄蒙了，她从师长的怀里仰起头，很近地望着师长。她和盼春对父亲几乎是没有记忆的，母亲也很少在他们面前提起父亲。尽管他们知道自己的父亲是一名军人，但在他们的意识里，父亲早就牺牲了，是组织辗转着把他们送到了杨铁汉的身边，也是杨铁汉和彩凤让他们又有了一个家。她从感情上早就把杨铁汉和彩凤当成了自己的父母。

武师长松开盼妮时，盼妮仍然没有从惊怔中清醒过来，她疑惑地望着师长：师长，你说什么？

孩子，我是你的爸爸啊！

爸爸？！盼妮犹疑着叫了一声。

接下来，武师长就把自己一直寻找她和盼春的事讲了一遍。盼妮在师长的讲述中，内心深处沉睡已久的记忆一下子就被唤醒了。她望着眼前的父亲，终于软软地叫出一声：爸——

武师长应了一声，父女二人就紧紧地拥抱在一起。两个人热泪长流，恍如梦中。

久久，盼妮站在盼春的坟前，突然嘶声喊道：盼春，你睁开眼看一看，咱爸还活着，我终于找到爸爸了——

盼妮再也说不下去了，武师长也早已是泪水纵横：盼春啊，你是个好战士，你用自己的身体为爸挡住了子弹。爸知道，敌人狙击手的子弹是射向我的——

盼妮突然回过头，打断了武师长的自言自语：爸，我要去前线替盼春报仇。你答应过我的。

武师长许久没有说话，他的目光从盼妮的脸上移开，望着很远的地方：孩子，咱们的部队马上要调到国内休整了，等下一次入朝吧。爸一定满足你的愿望。

朝鲜战场上的第四次战役已经结束了，武师长还不知道，大规模战役都已经过去了。此时，又有一批部队源源不断地开进了朝鲜战场，没多久，盼妮和部队一起撤到了鸭绿江边的国内。

当年，盼妮和盼春一起从这里出发去了朝鲜，时隔两年，却已物是人非。两年后，她回来了，盼春却永远地留在了朝鲜。

# 相见

杨铁汉和彩凤又一次收到了盼妮的来信。盼妮的这封信发自国内一个叫丹东的地方。杨铁汉和彩凤，还有许多的中国人，对丹东那个地方已经很熟悉了。在抗美援期间，所有人的目光都被鸭绿江边那座城市吸引了。

盼妮的信通报平安的同时，也提到了盼春，她在信里是这么说的：爸、妈，我们部队回到国内休整了，我一切都好，仍在文工团工作。盼春牺牲的消息想必你们也都知道了，他和所有的烈士一样，为保家卫国牺牲在了朝鲜。爸、妈，你们不要太难过，盼春是我们一家人的骄傲。如果有一天，我们的部队再一次开赴朝鲜战场，我一定像盼春一样去战斗，为我们和平的家园流尽最后一滴血。爸、妈，我想你们，抗生和军军还好吧？他们也该高中毕业了吧——

看着盼妮的信，杨铁汉和彩凤就同时想到了盼春。望着盼春的遗像，两个人的心里就又难过起来。杨铁汉伸出手，轻轻地抚摸着遗像中的盼春：孩子，要是你亲爸亲妈还活着，我咋跟他们交代呀？你是我亲手送出去的，可你——

说到这儿，他已是潸然泪下。彩凤也在一旁抹着眼泪，她喃喃地说：孩子他爸，我想盼妮呀！

杨铁汉长长地叹了口气，又把目光投向照片上的盼春：盼妮、盼春都是咱的孩子，咋能不想啊？

彩凤每天依然拿着块抹布这里擦擦，那里抹抹，每当她擦到盼春和盼和的遗像时，她的手总是要绕开，眼睛也低下了，心里一抽一抽的，总要疼上一阵子。然后，她心虚气短地捂着胸，坐在凳子上掉起来了眼泪。

杨铁汉看到彩凤的样子，就小心地说：又想两个孩子了？

彩凤不说话，独自伤心着。

杨铁汉又说：这两个孩子是没了，可咱还有盼妮和抗生、军军呢。

彩凤听了，"哇"的一声哭开了，她抬起一张泪脸说：孩子他爸，咱们这么多孩子，可就是没有一个是你亲生的。

杨铁汉怔了怔，眼圈红了，他看着两个孩子的遗像，半晌才说：他们都是我亲生的，把他们养大是我的责任，也是组织交给我的任务。

从收养这些孩子开始，他就知道，有一天组织总要把这些孩子们带走。这些孩子本来就是组织的，刚开始，他只是为了完成任务，随着时间的推移，他与孩子之间产生了不可分割的深厚感情。尽管他舍不得与孩子分开，但他很清楚，这些孩子总有一天会离开他。

一晃，抗美援朝就结束了。部队源源不断地撤回到了国内。

那些日子里，许多参战的士兵都回来探亲了，杨铁汉也守在自家门

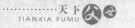

前，不停地向远处眺望。彩凤也站在一边，嘴里念叨着：盼妮也该回来了。老许家的大林都回来了，他们可是一起走的啊！

杨铁汉就劝她：不急，孩子迟早要回来的。盼妮不是在信上说部队已经回到丹东了吗？

两个人嘴上相互安慰着，可他们心里还是急得不行，无论在屋里正忙着什么，只要外面一有动静，就会放下手里的东西，出门望上一眼。

这天，一辆吉普车由远及近地驶了过来，"嘎"的一声，停在了杂货铺的门前。

杨铁汉从窗子里往外看了一眼，就看见盼妮从车上走了下来，身后还跟着一位首长模样的人。他大叫一声：孩子他妈，咱家盼妮回来了。

说完，就冲了出去，彩凤也张着两只手跑了出来。

盼妮穿着军装，人似乎一下子成熟了许多。她望着眼前熟悉的一切，看着冲出来的两个人，颤着声音喊道：爸，妈——

两个人望着盼妮，一时不知说什么好，还是彩凤冲过去，一把抱住了盼妮：孩子，我的孩子，可把你给盼回来了。

盼妮拥住彩凤，热热地喊了声：妈——

杨铁汉背过身去，悄悄地揩掉眼角的泪水，当他回转过身子的时候，就真切地看到了站在他身边的武师长。

武师长仔细地打量着他，他陌生地看着武师长，嗫嚅着：你是？

武师长抬起手向他敬了个军礼，然后就伸出了手。杨铁汉怔了一下，也把手伸了出去。两个人男人的手有力地握在了一起。

你是杨铁汉同志吧？我叫武达，当年在冀中八路军的独立团工作过。

杨铁汉看着武师长，记忆的闸门一下子就打开了，他想起来了，眼前的武师长他是见过的。日本人投降的时候，独立团在城里驻扎过，他为了寻找组织去找过县大队，但那时的县大队已经和独立团合并了。当时接待他的首长就是眼前的武师长。在县大队时他就听说过独立团和武达的名字，可惜的是，他却从没有机会见过大名鼎鼎的武达。今天，当他意外地见到武达时，他下意识地举起手，向武师长郑重地敬了一个军礼：首长，我总算见到你了。

此时的他有了一种见到久别亲人般的感动，他拉着武师长的手，冲彩凤和盼妮说：还愣着干啥？还不请首长进屋。

四个人拉扯着进到屋里。

杨铁汉和彩凤张罗着让座倒茶，杨铁汉做梦也没想到当年的独立团团长武达会找到自己家里。

武师长打量着屋子里的一切，最后，他的目光就定格在盼春和盼和的遗像上。他走过去，伸出手抚摸了盼春的遗像，又把盼和的遗像拿在手里，仔细地端详着。武师长的眼泪慢慢流了下来。

武师长的嘴抖动着，终于，他颤抖着手把遗像放了回去。

杨铁汉望着武师长介绍道：这是我的两个儿子，老大牺牲在了朝鲜。

武师长看着照片里的盼和说：当年你们为了掩护盼妮和盼春，眼睁睁地看着自己的亲生儿子被敌人扔到井里。

杨铁汉怔住了，抖着嘴唇半晌才说：首长，你咋知道？

武师长转过头来，看了一眼盼妮：这都是盼妮告诉我的。

说着，武师长又抓住了杨铁汉的手：杨铁汉同志，我感谢你把这些孩子养大成人，你是个了不起的父亲。

接着，武师长又走到彩凤面前：彩凤同志，你也是一位了不起的母亲。我在这里替孩子给你们鞠一躬。

说完，武师长在杨铁汉和彩凤面前深深地鞠了一躬。

杨铁汉和彩凤就怔在那里。

盼妮走过来，湿着声音叫了声：爸、妈，武师长是我带来的，部队刚回到冀中，师长就一定要来看看你们。

武师长又一次握住了杨铁汉的手：铁汉同志，我找你们找得好苦

啊！从日本人投降就一直在寻找你们。

杨铁汉也激动地说：我也在找组织，我天天等，夜夜盼。

武师长握着杨铁汉手用了一些力气：铁汉同志，我是盼妮和盼春的亲生父亲。

杨铁汉惊得张大了嘴巴，彩凤也惊愕地看着武师长。

当年地下组织要把孩子送到延安去，我也一直以为孩子们到了延安。没想到，这么多年一直是你们带着孩子。铁汉同志，真是太为难你了。

杨铁汉一时有些迷糊，他做梦也不想不到，盼妮和盼春是武师长的孩子。地下组织把孩子交到他手上时，并没有介绍更多的情况，特殊时期的一切都是保密的。他只负责把孩子最终送出去，阴差阳错的是孩子送到他这里，就再也没有被送出去。

他望着武师长半晌说不出话来，很久才悲伤地说：首长，我没有完成组织交给我的任务，盼春他——

武师长不等他说完，就一把抱住了他：铁汉，盼春是在我的眼皮底下牺牲的，是我没有保护好孩子，责任在我啊——

那天，武师长和杨铁汉一直在喝酒。他们从县大队聊到独立团，从日本人投降又说到解放战争，再说到保家卫国的朝鲜战争，最后就又说到了孩子。

武师长举着酒杯，两眼含泪地说：铁汉同志，虽然我生了盼妮和盼春，可我没有带过他们一天，是你给了他们第二次生命，孩子是你的。把孩子放在你这里，我放心。

杨铁汉显然喝多了，他摇晃着站了起来：首长，我的任务完成了，今天就把孩子交给你。可惜没了盼春，我没有完成好组织交给我的任务，要怪你就怪我吧。

杨铁汉一边说，一边捶胸顿足。

武师长一口气喝光了杯中的酒，也流泪了。他按住杨铁汉用力捶打的双手，真诚地说：铁汉、彩凤，以后咱们就是一家人了。你们辛辛苦苦把孩子养大成人，我咋能说带走就带走呢？孩子还是你们的。你们一家人太不容易了，我不能做摘桃子的事。

两个人哭哭笑笑地说着。

彩凤和盼妮也一会儿喜，一会儿悲的。

就在这时，抗生和军军推门进来了。两个孩子已经长成了大小伙子，他们被眼前的情景弄怔住了。

还是盼妮反应过来，走过去，拉住弟弟的手上下打量着：抗生、军军，你们长高了，姐都不敢认你们了。

两个人热热地喊了一声：姐——

接下来，姐弟三人就放声痛哭起来，既为盼春的离去，也为一家人久别后的重逢。

等一切平静下来，抗生和军军分别从书包里拿出毕业证书，递到杨铁汉和彩凤面前：爸、妈，我们毕业了。

武师长感慨地望着抗生和军军，走过来，摸摸这个，又拍拍那个，感叹道：你们都是革命者的孩子，将来要继承父辈的遗愿啊。高中毕业了？好啊，跟我去当兵吧，为了你们，也为了你们的父母。

抗生和军军听了，两眼放光地望着武师长。


## 送子参军

抗生和军军做梦都想参军。自从盼妮和盼春去了朝鲜，两个孩子的魂儿也像是被带走了。每次收到盼妮和盼春的信时，两个人都激动万分。他们躲在小树林里，一遍遍地看着信，他们在信中感受到了朝鲜战场上的战火与硝烟。抗生甚至把信封拿到鼻子下闻着，果然，他嗅到了火药的味道，他兴奋地冲军军喊：你闻闻，我可都闻到战火的味道了。

军军也把信拿到鼻子下使劲闻着：抗生，我一闻到这味儿浑身就

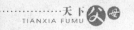

哆嗦。

你那是激动的。抗生挤眉弄眼地看着军军。

军军一边读信，一边说：盼春哥说，他们在金刚山又打了一次胜仗，歼灭美李部队几千人呢。

抗生躺在草地上，抱着头，一脸向往地说：要是咱们现在高中毕业了，也去朝鲜多好啊。

军军点点头：保家卫国，我们也该有份儿。

当时的学校里，支援抗美援朝的热情一浪高过一浪。抗生和军军自然也投身到热潮中，他们写慰问信，把自己省下来的零用钱也捐出去。在这期间，学校曾有几个孩子，偷偷地扒火车去了东北，还没有到鸭绿江边就被发现，送回了学校。那几个学生受到了老师的批评，却得到了大批学生的拥戴。他们像对待从前线凯旋的英雄似的，被簇拥在中间。有人问：你们看到鸭绿江了吗？听到鸭绿江边的炮声了吗？

那几个孩子就满嘴跑着火车，胡说着。

众人就一脸羡慕的样子。

在偷上前线的几个学生中，原本也有抗生和军军，可就在两人扒火车时被杨铁汉发现，从车站抓了回来。行动没有得逞，成了两个人心里最大的遗憾。无奈地两个孩子只有等待着，等待高中毕业后，就可以天高任鸟飞了。现在，他们终于等来了这一天，让他们感到可惜的是，抗美援朝已经结束了。当抗生和军军听到武师长的召唤，他们的理想又一次被点燃了。

武师长走后，杨铁汉和两个孩子有了如下对话：

你们真的想去当兵？

两个孩子异口同声地回答：爸，我们做梦都想当兵。

看着面前的两个孩子，杨铁汉心里一热，似乎又看到了自己和魏大河年轻时的影子。他伸出手，把抗生和军军拉到自己身边，半晌才说：参军就意味着打仗，战争就意味着牺牲，懂吗，孩子？

抗生坚定地说：爸，我不怕。

军军也说：我们是军人的后代，当兵是我们的责任。

孩子的话让杨铁汉的眼睛顿时模糊了。

在抗生和军军参军前，杨铁汉领着他们来到了城南的烈士陵园。陵园里安静肃穆，只有风吹过树叶的哗哗声。杨铁汉很容易地找到了魏大河的墓碑，他回望着跟在身后的抗生，威严地说：跪下。

抗生就跪在了魏大河的墓前。

杨铁汉走到大河的墓前，拍着那块石碑：大河啊，咱们的儿子大了，他就要参军去了。你托付给我的任务，我算是完成了。

说着，他从兜里取出那枚子弹壳，抽出那张发黄变暗的纸条，仔仔细细地看了一遍，就拿出火柴，点燃了纸条。一股火苗跳起来，纸条就成了灰烬。他望着星星点点的散灰，点点头说：大河，你放心了？！然后，又回过头，冲跪在地上的抗生说：孩子，这就是你的父亲，当年八路军县大队的排长魏大河。孩子，你爹当年就死在我的怀里，将来你无论走到哪里，你都要记住，你是烈士的儿子。

说完，他早已是涕泪横流。

抗生低下头，眼睛也湿润了。

他又把军军带到无名烈士的墓前。军军跪了下来，他望着烈士墓，又看一眼军军：军军，到现在你父母叫啥我还不知道，这么多年了，叫啥都不重要了。你只要记住，你是烈士的后代就行了，不管走到哪里，你父母的眼睛都会一直望着你，这就够了。

军军的泪水止不住地流了下来，他仰起脸，神情坚毅地说：爸，我记住了。

抗生和军军参军走了。

他们走的那一天，彩凤起了个大早，烙了一摞糖饼，热乎乎地给孩子们带上了。彩凤哽着声音说：孩子，别忘了吃妈的糖饼，吃了它，你们的日子就是甜的。

妈，我们记住了。

说着，抗生和军军一起恭恭敬敬地给彩凤和杨铁汉鞠了一躬，向门外走去。就在他们走出门口的时候，杨铁汉喊了一声：等一下。

他跑过去，给抗生整了整了衣服，又拍一拍军军的脊背，才说了一句：去吧。

爸、妈，那我们走了。

他冲孩子们挥挥手。

两个孩子的身影很快就远了。

他呆呆地立在那里，冲孩子们的背影举起了右手。他在以一名军人的方式为孩子们送行。

孩子们一走，家一下子就空了。

只有他和彩凤在家里进进出出着。杂货铺还是杂货铺，公私合营后杂货铺就叫作商店了，彩凤也成了商店里唯一的营业员。

晚上，杨铁汉从县委回来，总要在屋里坐一坐，看看照片里的盼春和盼和。他深情地望着两个孩子，絮絮叨叨着：孩子，爸想你们啊！

他的眼里很快就蓄满了泪水。彩凤这时也悄悄站在他的身后，抹一把眼角，轻轻地说：孩子他爸——

他回过头，望着彩凤，狠狠地擦去脸上的泪水：哭啥？咱们孩子个个都有出息，咱做爹娘的应该高兴。

彩凤强忍着又要溢出的泪水，点着头：高兴，孩子他爸，我高兴！

以后的每天里，他们除了和照片里的盼春和盼和说上一会儿话，就是苦苦地盼着抗生和军军的来信。

一九六九年，珍宝岛自卫反击战打响了，身为副连长的抗生牺牲在了珍宝岛。

一九七二年，身为连长的军军在抗美援越的战斗中，永远地躺在了越南的土地上。

当然，这一切都是后话。

# 没有尾声

这天，杨铁汉正坐在公私合营的商店门前晒太阳，他一边晒太阳，一边等着邮递员。每天，邮递员差不多都是这个时候过来，现在，期盼孩子们的来信已经成了他和彩凤生活中的一项重要内容。邮递员还没有来，他看见一个人影正一点点地向这边走过来，他对这个身影似乎很熟悉，他下意识地睁大了眼睛，又伸手抹了一把眼睛。那人走到近前时，他叫了一声：小菊——

小菊背着蓝布包，像当年一样站在了他的面前。

小菊打量着他，半晌才说：铁汉，我进城走走，不知不觉地就走到这里来了。

他站起来，两个人很近地凝视着，许久，他抖着声音说：小菊，你还好吗？

小菊低下了头：我还是以前那样。

说完，她转过身，似乎要走，却又想起什么似的说：铁汉，你很久没有回家看看了。

小菊说完就走了，她走得很慢。

他目送着小菊。

彩凤推门走出来，问了句：谁呀？

他从恍惚中醒过来：没啥，是个熟人。

小菊走后，他的心开始晃悠起来，他真的已经很久没有回家了。

当他又一次出现在家里的那座院子前，看着眼前熟悉的一切时，他的心"别别"地一阵急跳，他在心里喊着：小菊，我回来了——

眼里的泪再也止不住地掉了下来。